René Depestre

Hadriana
dans
tous mes rêves

Gallimard

René Depestre est né en 1926 à Haïti. A dix-neuf ans, il publie ses premiers poèmes, *Etincelles*. Il anime une revue *La Ruche*, qui, à l'occasion de la venue d'André Breton à Port-au-Prince, publie un numéro spécial qui est interdit par le dictateur Lescot. Depestre est incarcéré. Il joue un rôle dans l'effervescence populaire qui chasse le dictateur, mais un Comité exécutif militaire prend le pouvoir et le jeune poète part en exil. D'abord en France, ensuite à Cuba où il va passer vingt ans. En 1978, il revient à Paris et travaille à l'Unesco comme attaché, d'abord au cabinet du directeur général, puis au secteur de la culture pour des programmes de création artistique et littéraire. En 1986, il prend sa retraite pour se consacrer entièrement à la littérature et s'installe à Lézignan-Corbières (Aude).

Son œuvre poétique suit, dans son inspiration, les tribulations de sa vie personnelle, d'Haïti à Cuba. Il a aussi produit des œuvres critiques, *Pour la révolution pour la poésie* (1974) et *Bonjour et adieu à la négritude* (1980). Il a traduit en français des œuvres marquantes de la littérature cubaine, en particulier celles de Nicolas Guillen. Mais c'est surtout à la fiction qu'il s'est consacré ces dernières années, avec les nouvelles d'*Alléluia pour une femme-jardin* (1981) et les romans *Le mât de cocagne* (1979) et *Hadriana dans tous mes rêves* (1988). La joie de vivre caraïbe, la sensualité, l'érotisme solaire, le surréalisme vaudou, une langue qu'on savoure comme un fruit exotique caractérisent ces œuvres que le prix Renaudot a récompensées en 1988.

A Nelly, Paul-Alain et Stefan.
A la mémoire d'André Breton
et de Pierre Mabille.

Nous n'avons qu'une ressource avec
la mort, faire de l'art avant elle.

René Char

Jacmel, la légende, l'histoire, l'amour fou m'ont proposé les personnages de ce roman. Toute ressemblance avec des individus vivants ou ayant réellement ou fictivement existé ne saurait être que scandaleuse coïncidence.

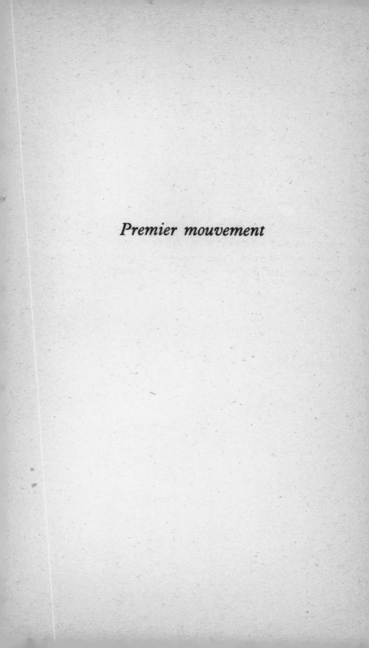

Premier mouvement

CHAPITRE PREMIER

BALTHAZAR ET LES SEPT REINS
DE MADAME VILLARET-JOYEUSE

... Seigneur, accumule sur nous les détresses, mais entrelace notre art de graves éclats de rire.

James Joyce

1

Cette année-là, à la fin de mon enfance, je vivais à Jacmel, localité du littoral caraïbéen d'Haïti. A la mort de mon père, nous avions, ma mère et moi, déménagé de l'avenue La Gosseline pour aller habiter chez mon oncle maternel. Ses appointements de juge d'instruction lui permettaient d'occuper avec sa femme un logement spacieux et clair à la rue des Bourbons, au Bel-Air. Les jours fériés, aux heures les plus torrides de l'après-midi, j'emmenais mon chagrin prendre le frais au balcon de la maison de bois. Je guettais l'incident qui mettrait mon imagination sur quelque piste du surréalisme quotidien. Un dimanche d'octobre, sur le tantôt, une voiture attira soudain mon attention. Elle commençait à longer lentement notre rue. De loin je pouvais distinguer deux personnes à son bord.

– Que vois-tu arriver ? dit Mam Diani.

– Une auto décapotable.

– La machine de qui ?

– Je l'aperçois pour la première fois.

– Ah oui ! Et les passagers ?

– Une dame et son chauffeur.

– Une dame en promenade par cette chaleur ?

– ...

L'auto se rapprochait dans un vrombissement raffiné. Déjà sur les vérandas et aux fenêtres, des deux

17

côtés de la chaussée, comme nous deux ma mère, les voisins étaient aux nouvelles.

— Un cabriolet, une berline, un coupé ? dit ma mère.

— Une limousine, gris perle, flambant neuve !

— Et la dame, jésus-marie-joseph, qui est-ce ?

— Ma marraine, Madame Villaret-Joyeuse. Ti-Jérôme est au volant.

— Paix à ta bouche, Patrick ! Germaine Muzac est sur son lit de mort !

L'automobile de rêve était sous mes yeux. Ti-Jérôme Villaret-Joyeuse portait une chemise de tussor beige, un pantalon bleu marine et un chapeau de paille de Panama. Son visage de gai luron de la Caraïbe avait pris le masque tragique d'un nègre qui remplit un redoutable devoir. Sa maman occupait le milieu du siège arrière. Elle avait un grand éventail de Chine à une main, un mouchoir de batiste à l'autre. Elle avait revêtu une robe mauve à collerette de dentelle, fermée avec une broche en argent. Les manches lui arrivaient au coude avec des volants d'organdi. A son cou une chaîne en or soutenait un crucifix en ivoire. Ses boucles d'oreille et ses bracelets étincelaient. Elle était nu-tête et coiffée avec soin. Elle avait les lèvres, le nez, les joues d'un être bien portant. Mais les sourcils, qu'elle avait toujours eu arqués et très garnis, avaient exagérément poussé vers le haut du front et tout autour des yeux. Ils formaient un paon-de-nuit dont on distinguait nettement les antennes, la trompe, les ailes de papillon aux délicates écailles argentées. C'était une sorte de loup de carnaval, un demi-masque de velours ou de satin. A quel bal masqué pouvait se rendre ma marraine sous la canicule implacable de trois heures de l'après-midi?

– Miséricorde! Grâce la miséricorde! fit ma mère en se signant, avant de lever vers moi un regard consterné.

– Descends, Patrick, et suis-les.

J'obtempérai sans hésitation. La voiture tourna dans la rue de l'Église, vers le côté nord de la place d'Armes. En un instant les galeries et les balcons des alentours se figèrent de stupéfaction. Le Général Télébec, le perroquet centenaire de la préfecture, constamment à l'affût des tripotages du bourg, tomba de son perchoir. Il prit la fuite en hurlant:

– La fin du monde! Au secours!

Les chiens du voisinage firent chorus. Le préfet de Jacmel, Barnabé Kraft, brutalement arraché à sa sieste, se précipita en pyjama de soie jusqu'au perron de l'édifice.

– Pardon, Germaine chérie! Bravissimo! En pleine forme, n'est-ce pas? Tais-toi, Télébec, à la cour martiale tu n'y couperas pas!

Au Café de l'Étoile, tenu par Didi Brifas, les habitués qui jouaient aux cartes sur la terrasse, face à leur copain de jeu, demeurèrent les bras ballants et bouche bée.

– Ti-Jérôme la malédiction! furent les seuls mots que Togo Lafalaise parvint à proférer.

L'homme ne prêta aucune attention à ces manifestations d'affolement. Rien au monde ne semblait plus important pour lui que la courbe qu'il prenait entre la place et l'école des religieuses de Sainte-Rose-de-Lima. Les bonnes sœurs accueillirent la voiture avec des signes de croix. Plusieurs se jetèrent à genoux, les mains jointes, sur le préau ensoleillé de l'établissement. L'une d'elles coupa une fleur et la lança aussitôt par-dessus la grille.

Passé les arbres de l'allée des Amoureux, l'auto roula à la hauteur du manoir de la famille Siloé. Bâtie en contrebas du square, la maison avait les fenêtres des étages au niveau de l'esplanade en surplomb où nous étions parvenus. Ainsi Hadriana Siloé, en ouvrant les jalousies de sa chambre de jeune fille, se trouva-t-elle aux premières loges pour regarder passer, en toilette du soir sous le soleil-lion, la femme qui, à trois ans de distance, nous avait tenus sur les mêmes fonts baptismaux. Ma sœur d'eau sainte se frotta les yeux avant de crier :

– Marraine, attends, mon amour, je descends!

A ces mots de la jeune Française, Ti-Jérôme, au lieu de freiner, accéléra dans la descente vers la rue d'Orléans qui côtoyait le parc des Siloé. Je me mis à jouer des jambes dans un nuage de poussière. Je rejoignis l'auto trois cents mètres plus bas, juste en face de la prison, où Ti-Jérôme reprit son train de corbillard. A l'entrée du pénitencier, la sentinelle, éberluée, présenta avec componction son fusil Springfield comme si la Villaret-Joyeuse était un haut gradé de la gendarmerie.

Au bas de la côte de plus en plus raide, après un tournant en tire-bouchon, on arriva en vue des entrepôts du port. On passa devant les bâtiments ocrés de la douane et des contributions. On atteignit la plate-forme macadamisée où les jours ouvrables une centaine de femmes triaient en chantant le café pour la maison d'exportation des frères Radsen. Là, Ti-Jérôme ralentit encore plus son allure comme pour permettre au masque vivant qui relayait les yeux de sa mère de jouir de l'étincellement fabuleux que le soleil avait allumé sur les cocotiers, les herbes, les rochers du littoral et sur les vagues passionnées du golfe. Il faisait un temps de paradis. Un temps pour vouloir vivre éternellement. En une autre circonstance, l'adolescent romantique que j'étais eût salué la beauté du monde avec des cris fous, en dansant et en se roulant par terre de jubilation. Des larmes me venaient plutôt et mes genoux se dérobaient sous mon corps tandis que la limousine remorquait mon désarroi face à la mort.

Par les rues du Bord-de-Mer et de la Réunion, Ti-Jérôme gagna assez vite le quartier du Bas-des-Orangers, à l'une des extrémités de Jacmel. On y avança entre des masures amoncelées à la débandade le long de venelles envahies d'herbes folles et creusées de fondrières. Des hommes, torses nus, faisaient des parties de dominos. Des tapées d'enfants suivaient une course de canots en papier dans l'eau d'une rigole d'écoulement. Assises sur des chaises très basses, les cuisses écartées, des matrones épouillaient avec rage des fillettes aux abois. Trois jeunes femmes, les six seins hors du corsage, jouaient à qui ferait gicler plus fort le lait qu'elles donnaient à leurs bébés. Un vieillard, armé d'un tesson de bouteille, coupait à ras les cheveux d'un garçonnet. Familles, chiens, chats, volailles, pêle-mêle entassés à l'ombre des galeries, tuaient à la haïtienne le temps du dimanche d'octobre. Soudain une voix d'épouvante domina les rumeurs de la ruelle d'Estaing :

21

– Une autozombie en liberté!

Ce fut un sauve-qui-peut en tous sens dans la cour des miracles qu'on finissait de traverser. Dans leur panique les chrétiens-vivants emportèrent le temps avec eux : il pouvait indifféremment être la demie de trois heures de l'après-midi ou du matin, en l'an 1938 ou bien en 38 av. J.-C. Cinq cents mètres plus loin, à bout de souffle, je crus rattraper le jour d'octobre et le XXe siècle dans la grand-rue qui allait tout droit s'embrancher sur l'avenue La Gosseline où les Villa-ret-Joyeuse avaient leur résidence. Ti-Jérôme franchit dare-dare le portail. Je me retrouvai terriblement seul dans le trouble du quartier désert d'où l'insolite était parti à l'aventure dans notre vie à tous.

2

Jacmel fit à Germaine Villaret-Joyeuse des obsèques dignes de sa légende. Les semaines suivantes, les péripéties du week-end d'octobre donnèrent lieu à une invention collective effrénée. Un début de soirée, nous étions plusieurs jeunes gens à se serrer autour d'un banc de la place d'Armes pour entendre le coiffeur Scylla Syllabaire reconstituer par le menu la version des événements qui allait être retenue pour officielle et vraie.

Le matin qui précéda sa mort, Germaine rassembla ses proches pour ses dernières volontés. Elle venait grâce à Dieu de faire un rêve merveilleusement prémonitoire qui lui avait révélé qu'un golfe exactement pareil à celui de Jacmel sépare là-haut le purgatoire du paradis. Au moment de s'en aller, elle ne souhaitait plus qu'une chose : se faire une idée précise de la distance que son âme, à la fin de son temps d'épreuves, aurait à parcourir pour accéder à la béatitude éternelle.

– Mon petit garçon chéri, dit-elle à Ti-Jérôme, conduis-moi en auto jusqu'au port. Si je meurs avant, mets sur mes yeux l'être crépusculaire que tu sais. Oui, mon chou, il part avec moi. Fais-le revoir le golfe à ma place. Il sied aux reines de comparaître masquées devant la miséricorde du Christ.

Germaine Muzac s'éteignit dans la consolation de ces mots. Qu'allait-on faire de sa volonté posthume? Ce point suscita un bref débat au sein de la famille.

– Maman, dit Érica, était extrêmement affaiblie. Dans ses divagations elle aurait pu tout aussi bien rêver d'un tour en ballon ou en hydravion qui l'aurait rapprochée des eaux de saint Pierre. On n'a pas à en tenir compte.

Ti-Jérôme n'était pas de cet avis. Leur mère lui a confié une mission sacrée. Il l'exécutera coûte que coûte, dût-il pour ça mettre à feu et à sang la maisonnée, Jacmel, l'île entière. Sous les regards terrifiés des siens, il invita le sphinx à tête de mort qui siégeait au plafond à rejoindre les yeux de la défunte. Celle-ci une fois lavée, poncée, maquillée, vêtue d'une robe d'apparat et parée de ses bijoux, Ti-Jérôme l'installa sur le siège arrière de sa voiture en la maintenant avec des coussins.

Scylla Syllabaire raconta ensuite l'équipée dominicale. Dès le début, son récit ne concorda pas avec ce que j'avais avidement vu et entendu tout au long de la promenade. Selon Scylla, le perroquet de la raison d'État aurait fait face avec courage au papillon en le menaçant :

– Sur le profanateur, feu!

En réalité le Général Télébec, tombé de son cerceau, avait fui à tire-d'aile en criant : « La fin du monde! Au secours! » Quarante ans après j'entends encore son raffut et celui des chiens. Les paroles du préfet étaient également dénaturées. Scylla faisait dire à Barnabé Kraft : « Bon voyage, reins du merveilleux! » Sœur Nathalie des Anges « aurait donné une rose à manger au papillon après avoir lancé des baisers à son amant Ti-Jérôme ». Au Bas-des-Orangers, une vieille n'avait pas hurlé : « Une autozombie en liberté ! » Scylla disait tenir d'un riverain de la rue des Raquettes qu'une fillette aveugle aurait été la première personne du bidonville à pousser un cri d'alarme :

– Gare au messager de la mort !

L'évocation de l'entrée en scène d'Hadriana Siloé était encore plus éloignée de la véracité des faits que j'avais vécus en témoin attentif. D'après le coiffeur, Ti-Jérôme aurait arrêté pile la voiture quand la fille-étoile d'André Siloé apparut à la fenêtre du manoir. Un instant après elle aurait posé un baiser d'adieu au front de sa marraine. Hadriana était nue de la pointe des orteils au bout des cheveux, merveilleusement nue partout. Toutefois, au-dessous du nombril sa chair de vierge tenait du prodige ! Ce fut un éblouissement pour le papillon. Il en eut les antennes coupées ! Dans ses papillonnades autour des îles il n'avait jamais vu entre les cuisses d'une jeune fille une conque aussi royalement épanouie. En y collant l'ouïe, il entendrait la mer des Caraïbes ! Du coup il n'eut plus envie de convoyer Germaine Muzac jusqu'au paradis. A quoi bon mourir ? Que faisait-il sur les yeux éteints de la marraine quand il y avait une lumière si vivante à tamiser au bas-ventre de la filleule ? A ailes éblouies il se jeta dans le sentier de la gloire.

Dans la même envolée, Scylla Syllabaire nous révéla que le papillon que tout Jacmel avait vu sur l'œil de la morte était un chrétien-vivant comme vous et moi. Il s'appelait Balthazar Granchiré. Il était né une vingtaine d'années auparavant dans les montagnes de Cap-Rouge. De père et de mère inconnus, on l'avait recueilli dans un grand chemin quelques heures après sa naissance. Le fameux sorcier Okil Okilon avait adopté l'enfant. Le jour de ses douze ans, il l'avait précocement initié à la société *[1] secrète des Vlanbindingues du Sud-Ouest haïtien. Dès lors la passion du coït fit de l'adolescent le séducteur le plus comblé d'amour de la contrée. A quinze ans il avait déjà à son tableau d'aventures une centaine de femmes de tous âges. Un an plus tard, il séduisit la femme-jardin de son père adoptif. Okilon tira aussitôt vengeance de l'outrage : il changea son rival en papillon tout en l'accablant de malédictions :

– Ti-garçon ingrat et sans manman, je te ravale dans la catégorie des sphinx les plus ténébreux de la Caraïbe. Tes ailes supérieures seront d'un brun rouge avec des ocellations bleues, striées de noir. Tes ailes postérieures auront toutes les nuances de l'ocre, et leur bord externe, couleur de miel, sera garni d'un fin liseré mauve. Tu auras l'abdomen cylindrique, rayé de noir et de jaune citron. Tu auras un cercle bleu-vert autour des yeux et ton iris sera celui d'un roi-diable. Ton envergure de 277 mm paraîtra exceptionnelle même chez un papillon bizango *. Ton vol tracera une ligne brillante, plus ramifiée et plus sinueuse que le paraphe de l'éclair.

« La partie dorsale de ton thorax aura des yeux

1. Les mots qui sont suivis d'un astérisque la première fois qu'ils apparaissent dans le texte sont répertoriés dans un glossaire en fin de volume, p. 211.

cerclés de violet, une moustache vert malachite, une bouche jaune canari, un menton carré, un air de Blanc sans foi ni loi, une foutue tête de mort! Ton phénomène de levier bandant continuera de grandir à chaque coup de mensonge qu'il aura tiré dans les cons volés. Enroulé en spirale avec des dents de scie, ce maudit ressort d'horloge marquera dans la chair de ses proies un temps de délices que chacune au moment de le savourer voudrait garder pour l'éternité. Les vieilles pendules tombées en panne depuis des années se remettront en marche sous ta clef de bite à répétition, mais leurs aiguilles tourneront à l'inverse du temps lunaire des femmes.

« Tu seras envers elles plus sanguinaire que la mante religieuse. Tu les mangeras avant, pendant et après la copulation. Tu auras du plaisir à te désaltérer des larmes des vierges et des veuves. A un kilomètre à la ronde tes antennes repéreront l'odeur des règles. Tu gaspilleras tes spermatozoïdes à la chasse aux femelles. Tu passeras sans transition de la douceur du colibri à la férocité du tigre du Bengale. Sous ta braguette magique les femmes feront face à un papa-vilebrequin à tête chercheuse de cauchemar. Les orgasmes les plus ensorcelants ouvriront des débâcles dans les belles vies que ton satan de phallus aura réduites à sa merci. Putain de satyre au zozo zombificateur, éloigne-toi des jardins d'Okil Okilon! »

3

Balthazar Granchiré arriva à Jacmel pour la première fois en novembre 1936, huit semaines seulement après le passage du cyclone Bethsabée, dans un bourg encore en train de soigner ses blessures. Il élut domicile sur l'un des fromagers de la place d'Armes. La nuit de son arrivée, il déflora pendant leur sommeil les jumelles Philisbourg et sœur Nathalie des Anges, l'une des religieuses de l'école Sainte-Rose-de-Lima. Il étrenna la stratégie qu'il devait, les mois suivants, porter à la perfection. Il attendait l'obscurité pour se faufiler dans les chambres. Il se dissimulait sous les lits. Une fois sa proie endormie, il imprégnait l'atmosphère d'effluves aphrodisiaques. Quelques minutes après, les seins faisaient sauter les boutons des chemises de nuit, les fesses rompaient l'élastique des culottes, les cuisses en flammes s'écartaient à sou' it, les vagins, fascinés, réclamaient le boire et surtout le manger : Balthazar n'avait plus qu'à entrer en campagne. De superbes adolescentes, couchées vierges sous la protection du cocon familial, se réveillaient dans l'effroi, avec du sang partout, sauvagement dépucelées. Dans les familles atterrées, on attribua d'abord le dépucelage maison à un effet à retardement de l'ouragan ravageur. (Cette piste ne fit toutefois pas long feu.)

Ces matins-là, dans le récit des rêves qui avaient occupé le sommeil des victimes, revenait souvent l'épisode d'un vol fabuleux. Chacune se souvenait d'avoir survolé à basse altitude le golfe de Jacmel, dans un orgasme ininterrompu, par une saison de rêve, à bord d'un engin qui n'était ni un dirigeable ni un aéroplane. Chacune parlait du parcours aérien en se pâmant de joie. Mais au meilleur moment de l'émerveillement l'appareil se changeait en une bouche fantastiquement fendue en arc qui happait toute vie sur son passage.

Lolita Philisbourg eut le sentiment que c'était sa propre entaille douce, dilatée à la mesure du ciel au-dessus du golfe, qui attrapait avec violence le reste de son corps. Sa sœur Klariklé sentit son tunnel d'amour s'ouvrir sous elle comme une trappe de départ tandis que son propre père lui soufflait à l'oreille qu'elle n'aurait pas dû oublier le parachute à la maison. Sœur Nathalie des Anges vit sa très catholique grotte-à-papa-Bon-Dieu le disputer en impétuosité aux vagues écumantes qui bouillonnaient à la surface de la mer. Telle était la carte de visite que Balthazar Granchiré laissait dans les draps.

Dans l'espoir de capturer l'incube avant ses voies de fait, des mères vigilantes s'armèrent de filet en acier au chevet de leurs filles. Le matin suivant, elles découvraient dans la stupeur qu'elles avaient succombé sans coup férir aux mêmes sortilèges que leur innocente progéniture. Elles se rappelaient aussi avoir fait du vol en rase-vagues, emportées par une jouissance qui tenait du prodige.

Madame Éric Jeanjumeau confessa au père Naélo

29

six orgasmes à la minute. Madame Émile Jonassa vint avec rage treize fois de suite. Madame veuve Jastram vécut son transport comme un classique de la volupté : elle se promit de le retenir hors du rêve pour l'inclure plus tard dans un manuel d'éducation sexuelle. Contrairement à leurs fifilles, au lieu d'être précipitées dans un gouffre, elles voyaient, à la fin du coït, leur sexe disposé avec grâce sur une table d'apparat au milieu d'autres plats aussi somptueusement garnis. Elles entendaient leur propre voix crier. « Monseigneur, à table! C'est servi chaud. » Seule Germaine Villaret-Joyeuse devait connaître une tout autre aventure sous les ailes de Granchiré. Savez-vous pourquoi ? nous demanda Syllabaire, en clignant, à tour de rôle, de chaque œil.

– A cause de ses reins, criâmes-nous en chœur.

En effet, au temps de mon enfance, le système rénal de Germaine Villaret-Joyeuse était un sujet inévitable de gaudriole. On en parlait dans les veillées, les banquets, lors des réjouissances de mariage, de baptême ou de première communion. La rumeur publique attribuait à ma marraine une ribambelle de reins : deux à la partie inférieure du dos, deux à l'avant du corps, un à gauche de l'estomac, et deux autres, plus intempestifs encore, entre les seins. La nuit de son premier mariage on ramena son conjoint sur une civière, accablé d'une double fracture du bassin. « Le pauvre Anatole était dans l'état de quelqu'un qui serait tombé du chapiteau d'un cocotier », avait alors confié le docteur Sorapal à mon oncle Ferdinand, le juge d'instruction appelé à constater les dégâts.

Le second mari, à son tour, fut admis à l'hôpital

Saint-Michel avec plusieurs côtes de brisées. Seul Archibald Villaret-Joyeuse, le troisième époux, devait échapper à ces périls. La lune de miel le rendit sain et sauf à son florissant commerce de tissus. Il parvint à s'accorder à merveille aux coups de reins légendaires de Germaine Muzac. Il mérita le surnom de sir Archivijoyeux. Il fit en six ans huit enfants à sa compagne. Il eut une mort tout à fait inconnue à la Faculté : une double piqûre de guêpe aux testicules l'emporta en moins de vingt-quatre heures.

Lors du quarante-cinquième anniversaire de la veuve, dans *La Gazette du Sud-Ouest*, Maître Népomucène Homaire rendit un hommage remarqué à son amie d'enfance : « Ce sera un jeu pour ses charmes, un tel complexe rénal à l'appui, de franchir le cap de l'an 2000. La puissance génésique qui les irrigue a la fraîche vivacité d'une cascade en montagne. Les reins féconds de Germaine Muzac, pétillants d'étincelles magiques, jetteront encore des apothéoses dorées sur les façons de jouir des mâles du troisième millénaire. » – Avec une pareille centrale au popotin, avait commenté mon oncle Ferdinand, en l'an 2043, notre Joyeuse sera encore capable, à bord de ses engins, d'emmener nos arrière-petits-fils dire bonjour aux anges!

En attendant, à écouter ce soir-là Scylla Syllabaire, c'était le compère général Granchiré qui levait au soleil le chapeau à haut de forme! Après chaque traversée, Germaine, éclairée du dedans par ses trente-six orgasmes, se réveillait, bon cul bon œil, face à un papillon en bon état d'énergie. Ils jurèrent de ne jamais se quitter. Leur liaison assura plusieurs mois de

31

répit aux familles. On cessa d'entendre parler de mystère de la défloration, de fiançailles cruellement rompues, de lunes de miel volées avec effraction à de jeunes époux au désespoir, de bans annulés in extremis par le père Naélo.

Informée du sort tragique qui avait conduit Granchiré dans son giron à géométrie variable, Germaine projeta de négocier secrètement avec Okil Okilon le retour du prodige à la condition humaine. Moyennant un important dédommagement, le sorcier serait en mesure de faire subir à Balthazar, en sens inverse, la métamorphose qui avait servi à l'exiler *ad vitam aeternam* au royaume des lépidoptères libertins. Rentré dans sa chrysalide, Balthazar remonterait à l'état de larve, suivrait un circuit de chenille jusqu'à retrouver son physique et sa liberté de jeune premier.

On en était là quand un cancer du sein droit, métastases au vent, balança à la volée d'autres sons de cloches dans les entrailles hantées de ma marraine. La nuit arriva où elle n'eut plus qu'un rein en état de résister, comme Léonidas Ier aux Thermopyles, à la fois aux assauts de la tumeur maligne et à « l'armée perse » qu'était à elle seule la sensualité de son amant. Bouleversé par tant d'héroïsme, Balthazar décida d'éterniser au ciel avec Germaine la fête commencée à Jacmel. Un soir, il lui fit voir en rêve, entre le purgatoire et l'éden, un golfe à la beauté comparable seulement à l'avancée que la mer Caraïbe forme à l'intérieur des côtes jacméliennes. Il poserait ses ailes de voyant sur les yeux de l'immortelle aimée afin d'éviter que le vent n'égare leurs pas sur la route maritime du paradis.

4

Le récit de Scylla Syllabaire laissa mes copains et moi sans le souffle. Quel talent pour travestir la vérité! Quel flagrant délit d'arrangement du réel! Qu'attendais-je pour rétablir les faits comme je les avais intensément vécus au mois de novembre précédent? En ce temps-là, personne à Jacmel ne se serait avisé, sur la place d'Armes, de couper à un Scylla Syllabaire sa verve graveleuse de révélation. La parole illuminée, les mots de sauvegarde du coiffeur tenaient le haut du pavé dans l'imaginaire jacmélien. Ne croyait-on pas que Scylla gardait séquestrées sous son toit de célibataire trois jeunes femmes originaires de l'Égypte? Du haut de ses exploits sexuels, il pliait les esprits à ses fantaisies. J'osai toutefois soulever prudemment la question qui brûlait nos lèvres à tous.

– Si Granchiré avait « crevé » Nana Siloé, dis-je, le père Naélo, la veille de Noël, à la messe de minuit, n'aurait pas proclamé les bans du mariage de ma demi-sœur avec Hector Danoze. Ils sont affichés à la porte de l'église. Les noces sont fixées au samedi 29 janvier.

– Chez les Blancs, on sait garder un secret. Le père Naélo et les Danoze ignorent tout. Hector a seulement appris que le papillon, depuis la perte des sept reins de Germaine, tourne sans succès autour des merveilles de sa fiancée. Il a juré de descendre Balthazar avant qu'il ne coupe l'herbe à jouir sous ses couilles!

— Granchiré est donc foutu?

— Il n'est pas tombé des dernières pluies. Pas plus tard que samedi dernier, au crépuscule, il a vu les fiancés se promener dans l'allée des Amoureux. Le jeune homme portait en bandoulière une carabine de chasse, une Winchester à répétition, à ce qu'on dit. Tout en roucoulant à l'oreille de sa promise, il avait l'œil au guet dans les fromagers de la place. Balthazar a aussitôt vidé les lieux.

— Aurait-on perdu ses traces?

— A l'heure qu'il est, il suit dans le Haut-Cap-Rouge une retraite au sanctuaire de Rosalvo Rosanfer, le chef de la confrérie des Zobops. Le rival d'Okil Okilon aide Balthazar à mettre ses ailes à l'épreuve du petit plomb de Danoze. Son absence sera de courte durée. Il reviendra à cheval sur un point * chaud...

CHAPITRE DEUXIÈME

L'ÉTOILE QUI N'A BRILLÉ QU'UNE FOIS

J'ai vu mourir l'étoile qui n'a brillé qu'une fois.

Kateb Yacine

1

Dans la livraison datée du jeudi 11 janvier 1938, *La Gazette du Sud-Ouest* consacra, sous la plume de son directeur Népomucène Homaire, son éditorial au mariage d'Hadriana Siloé avec Hector Danoze :

« Nous tenons pour un événement le prochain mariage de la jeune Française Hadriana Siloé avec notre compatriote Hector Danoze. Les familles des futurs conjoints ont obtenu le soutien de nos édiles pour donner à ces épousailles l'éclat d'une bacchanale publique. Après le cyclone Bethsabée, la chute du prix du café sur le marché mondial, la terreur exercée sur les hymens par un extravagant papillon des bois, la disparition récente de Germaine Villaret-Joyeuse, ces noces mixtes viennent opportunément donner à Jacmel l'occasion de rythmer de nouveau sa vie dans la danse et la fantaisie.

« La cérémonie religieuse à l'église Saint-Philippe-et-Saint-Jacques sera suivie d'une réception au manoir des Siloé. Dans la soirée, les jeunes mariés et leurs invités rejoindront la population sur la place d'Armes pour participer à un carnaval sans précédent.

« Un certain nombre de mariages sont restés célèbres dans notre chef-lieu. Plus d'une fois on y a vu deux êtres, émerveillés l'un par l'autre, se décider à constituer une seule destinée avec leur beauté et leur passion. Mais les noces du samedi 29 janvier prochain sont appelées à faire date dans nos annales pour des motifs encore plus exceptionnels.

« Hadriana, fille unique des brillants époux Denise et André Siloé, est le don princier que la France de Debussy et de Renoir a fait à notre pays. Plus qu'une jeune fille de dix-neuf ans, la fée tutélaire de Jacmel est une rose piquée au chapeau du Bon Dieu. En l'absence d'Isabelle Ramonet, qui séjourne ces temps-ci en Europe, Hadriana incarne jusqu'à l'éblouissement l'idéal de femme-jardin qui un jour a été inventé par un poète en hommage à notre Zaza.

« L'élu du jour, le fils de notre ami Priam Danoze, Hector, l'homme le plus envié de la Caraïbe, aurait-il les moyens de gérer le trésor qui va lui être confié ? C'est la question que cette union soulève dans tous les esprits. Qu'on nous permette de répondre d'emblée par l'affirmative. Certes, en dehors de ses qualités de pilote d'aviation et de ses attraits physiques, rien de surhumain ne semble distinguer le jeune Danoze des autres prétendants à la main d'Hadriana Siloé. Jusqu'ici il n'a tué de sa flèche aucun ennemi de sa petite cité. Mais moi, son parrain, j'ai vu pousser en lui une qualité qui lui donne une avance de mille coudées sur les garçons de sa génération.

« Pour mon filleul, en effet, ses bien-aimés en ce monde, ce ne sont pas seulement les siens, sa fiancée, ses amis d'enfance. Il aime avec une force égale sa terre de Jacmel si souvent passée par les armes du destin : cyclones, incendies, dieux vlanbindingues, sans parler des fléaux d'État qui s'en prennent à la liberté des chrétiens-vivants. Enraciné dans la passion d'une femme, Hector Danoze l'est également dans sa tendresse envers le sort de ses concitadins.

« En vérité, après la malédiction des derniers mois, le mariage de ces deux êtres d'exception est comme un pacte que Jacmel va signer avec l'espérance et la beauté. Toutes les amours du passé, radieusement ravivées, vont se mouvoir librement dans l'immense azur de ces noces! »

Il y avait moins d'épos et de lyrisme dans le faire-part adressé à ma famille : « Monsieur et Madame André Siloé, Monsieur et Madame Priam Danoze, ont l'honneur de vous annoncer le mariage de Mademoiselle Hadriana Siloé, leur fille, avec Monsieur Hector Danoze, leur fils. Ils vous prient d'assister (ou de vous unir d'intention) à la messe de mariage qui sera célébrée le samedi 29 janvier 1938, à 6 heures du soir, en l'église Saint-Philippe-et-Saint-Jacques. Le consentement des époux sera reçu par le révérend père Yan Naélo. Après la cérémonie religieuse, Madame André Siloé, Madame Priam Danoze, recevront au manoir des Siloé, avant les réjouissances publiques qui auront lieu toute la nuit sur la place d'Armes-Toussaint-Louverture. »

2

Les préparatifs du mariage firent oublier les sinistres prédictions du coiffeur. Scylla lui-même cessa de parler de son « héros envaginé à mort » pour mettre ses talents d'homme d'imagination au service de la commission de notables qui s'affairaient douze heures par jour à l'hôtel de ville. En compagnie d'un groupe de dames il parcourait fiévreusement le Bord-de-Mer pour recueillir les dons en argent des commerçants. En moins d'une semaine la collecte atteignit le triple de la somme que la municipalité réunissait d'habitude lors des fêtes patronales de Saint-Philippe-et-Saint-Jacques.

La liste de mariage était déposée à La Petite Galerie Nassaut. Sébastien Nassaut, son propriétaire, l'ouvrit en offrant aux fiancés un somptueux service à café en porcelaine de Delft. Des centaines d'autres cadeaux furent rapidement acquis. Parmi les acquéreurs, des exportateurs en denrées et des négociants en tissus croisaient dans la boutique des portefaix et des marchandes qui gardaient leurs économies dans un petit sac en toile dissimulé entre leurs seins. Il y eut tant de présents que Scylla proposa de les charger sur une camionnette afin de montrer à la population « le succès du futur couple des deux H comme heureux (Hadriana-Hector) ». Il avait entendu parler de cet usage dans le récit d'un voyageur de retour du Japon. Plusieurs jours de suite, en fin de matinée ou d'après-midi, Sébastien Nassaut se servait d'un porte-voix pour inviter au passage les gens à applaudir la corbeille de rêve arrimée au véhicule avec de larges rubans multicolores. L'exposition ambulante des cadeaux était le coup d'envoi de la nuit de ripaille et de folie que tout le monde attendait.

D'autres idées affluèrent à la préfecture. Le commandant Gédéon Armantus, chef de la gendarmerie, proposa une retraite aux flambeaux à l'ouverture des festivités. Elle partirait de la caserne du Chemin-des-Veuves-Échaudées jusqu'à la place. Titus Paradou, le guide de la confrérie des Couilles enchantées, fit savoir que musiciens et danseurs de la célèbre bande carnavalesque iront opposer aux inquiétudes du moment leur capacité d'exubérance et d'humour. D'autres troupes, parmi les plus renommées de la région, les Charles-Oscar * de Madan * Ti-Carême, les Raras de Cochon-Gras, les Bâtonnisses de Pedro Curaçao, les Tressés-Rubans des frères Ajax, les Mathurins de l'arpenteur Mathurin Lys, promirent de lancer, « dans le carnaval du siècle, un hymne inégalable à la beauté de la vie et à la liberté de l'amour ».

On calcula de sacrifier vingt-huit bœufs, seize chèvres, trente-trois porcs, un nombre indéterminé de volailles, qu'accompagneraient cent régimes de bananes-plantin, des sacs de riz et de haricots rouges, des dizaines de kilos de patates douces. On prévit aussi des milliers de beignets à la morue, de petits fours et de friandises diverses à la noix de coco, au gingembre, et à toutes les épices de l'archipel. Côté boissons, on parla barils de clairin *, bonbonnes et dames-jeannes de tafia, rhum Barbancourt à flots, champagne Veuve-Clicquot, vins et liqueurs de France à gogo. Maître Homaire annonça dans son journal qu'il allait étrenner un papa-punch de son cru : pas moins de trois cent soixante-cinq herbes différentes entraient dans sa préparation. Son arrière-grand-père, le sénateur Télamon Homaire, l'avait inventé, en plein cyclone de 1887, « pour réchauffer les sinistrés mâles qui avaient alors leurs graines au fond du filet ».

Tous les artisans de Jacmel (tailleurs, ferblantiers, cordonniers, vanniers, chaudronniers) mirent en veilleuse leurs occupations habituelles pour se consacrer à la fabrication des masques et des déguisements du carnaval. On entreposa à l'hôtel de ville des stocks de confettis et de serpentins, des caisses de banderoles, fanions, guirlandes, lanternes vénitiennes pour la décoration de la place et des rues environnantes. Quant aux mystérieuses boîtes en carton, sans étiquettes, qu'on vit trois pompiers débarquer d'un camion de la gendarmerie, on imagina qu'elles contenaient des pièces de feu d'artifice et des allumettes de Bengale.

3

Ces jours-là, je pris sur les admirateurs d'Hadriana Siloé un avantage considérable : on confia à ma mère, modiste fort appréciée au Bel-Air, la création de la toilette nuptiale. De l'avant-jour jusqu'au soir, ses ciseaux et sa machine Singer chantaient dans le tissu les charmes de la jeune fille. La maison de l'oncle Féfé voguait avec nous dans un nuage impressionnant de tulle et de soie, parmi des flots de dentelle et d'organdi. La robe de mariée, à mesure qu'elle naissait sous les doigts inspirés de Mam Diani, épaississait à mes yeux le mystère fascinant de la chair qu'elle allait couvrir.

La nuit, ma mère la laissait sur la forme humaine qui servait de modèle à la composition. Elle était tout en envolée de tulle et superbement brodée à l'ancienne. La finesse de la broderie s'épanouissait dans les effets transparents des manches et du corsage très décolleté, tuyauté d'organdi et de satin. Sensuellement drapée aux hanches, elle était assortie dans le dos d'un large nœud papillon accompagné d'une fausse traîne amovible. La vraie traîne, cascade de volants en dentelle, pouvait s'étirer à l'infini. La jupe, dansante et joyeusement volantée, à l'ampleur généreuse, semblait déjà receler les secrets d'un éventail magique. La couronne, garnie de tubes d'organsin entrelacés, était piquée de fleurs d'oranger et de paillettes irisées.

Une fois tout le monde couché, je me levais sans bruit, le cœur battant, pour aller célébrer un rite bouleversant dans l'atelier de couture du rez-de-chaussée. A la lueur d'un quinquet que j'allumais, je faisais danser le mannequin. Je lui caressais sa ronde encolure. Je lui soufflais à l'oreille les mots d'une tendresse dont je ne soupçonnais pas l'ascendant en moi. J'aidais sa flamme à prendre des forces dans notre foyer, à l'abri du vent, à la veille du fabuleux voyage qu'allait entreprendre ma sœur d'eau bénite.

Dans la journée, je séchais mes classes au lycée pour voir Hadriana se prêter corps et âme aux retouches de la robe. La notion d'*essayage*, que je n'avais jamais jugée tant elle m'était familière, s'élevait en ballon avec mes tripes chaque fois que Nana se déshabillait librement pour passer sa toilette. Elle pivotait sur les talons, se cabrait, se déhanchait, carrait les épaules avec grâce. L'instant d'après, habillée en mariée, elle se hissait sur une banquette, pliait une jambe, soulevait un bras, arrondissait encore plus sa gorge pigeonnante, et sans crier gare, elle m'entraînait dans une valse anglaise. Tout en obéissant aux signes de ma mère qui avait la bouche hérissée d'épingles, elle n'arrêtait pas de faire une fête des plus humbles mimiques de la vie. Elle se regardait dans la glace, donnait son avis, pour finir par froncer le nez et tirer la langue à l'idéal de beauté française qui avait mis le feu à la paille de mes jeunes années.

4

Le samedi 29 janvier, le cortège nuptial quitta à six heures du soir le manoir des Siloé. Il avait trois cents mètres environ à parcourir jusqu'à l'église. Une double haie l'attendait depuis la fin de l'après-midi. Une clameur mêlée d'applaudissements accueillit Hadriana au bras de son père.

– Vive la mariée! Bravo, Nana!

De toutes parts fusaient des fleurs, des confettis, des serpentins, des cris d'admiration (oh la sacrée jolie fille!). Sur le côté est de la place, elle avançait, élancée, romantique, sensuellement fluide dans ses voiles blancs. Gantée jusqu'aux coudes, elle tenait dans une main une aumônière en dentelle, et dans l'autre un bouquet assorti. Tout en elle rayonnait comme pour prendre le relais du soleil à son déclin au ras des eaux du golfe. Des familles entières retenaient leur souffle avec le sentiment de voir le spectacle de leur vie. Plusieurs jeunes filles de ma connaissance fondaient en larmes. L'une d'elles, ma cousine Alina Oriol, m'avoua, trente ans plus tard, que l'image qui brillait dans son souvenir le plus vivement restait celle d'Hadriana éloignée de quelques mètres de sa maison...

– Je me souviens, dit-elle, d'avoir éclaté en sanglots.

– Un funeste pressentiment?

– Pas du tout. C'était une émotion fort complexe : à mes yeux sa beauté était pour quelques minutes encore associée aux rêves de l'enfance, à la brûlante virginité, au rythme émerveillant des règles, au doux foyer paternel, à la fraîcheur que le mariage enlève à jamais à nous autres femmes. Plus que n'importe quelle autre jeune fille de Jacmel, Nana Siloé avait un paradis à enterrer.

Sur le parvis de l'église, Hector Danoze, au bras de ma mère, se joignit au cortège qui s'avança solennellement dans la nef vers les travées proches de l'autel. Les orgues faisaient vibrer le temple joyeusement décoré, bondé à craquer, dans l'étincellement de milliers de chandelles et de cierges.

La cérémonie commença sous la conduite du père Naélo et de deux diacres en grande tenue. Le chœur de Sainte-Rose-de-Lima créa aussitôt une ferveur contagieuse dans l'assistance. La plupart des fidèles se mirent à genoux pour suivre la messe, dans un état de recueillement qui me rappela l'intensité des offices de la semaine sainte. Aussi quand on arriva aux paroles sacramentelles, on était prêt à les écouter dans un silence illuminé.

– Hector Danoze, dit le père Naélo, voulez-vous prendre pour légitime épouse Hadriana Siloé, ici présente, selon le rite de notre sainte mère l'Église?

– Oui, mon père.

– Hadriana Siloé, voulez-vous prendre pour légitime époux Hector Danoze, ici présent, selon le rite de notre sainte mère l'Église?

Hadriana poussa un *oui* hallucinant de détresse et

s'écroula aux pieds du prêtre. Le docteur Sorapal se précipita vers elle. Il tint un long moment son poignet avant de crier :

— Hadriana Siloé est morte!

A quarante ans de l'événement la parole du médecin me donne encore le frisson. Hector Danoze et plusieurs autres personnes perdirent connaissance. Les gens s'interpellaient en haïtien à grands cris de consternation. Klariklé Philisbourg se jeta au sol en déchirant sa robe de demoiselle d'honneur. Mélissa Kraft, Olga Ximilien, Mimi Moravia, Vanessa Lauture en firent autant. Le père Naélo n'arrivait pas à imposer le silence. Comme les hurlements et les scènes d'hystérie continuaient à couvrir sa voix, il grimpa l'escalier de la chaire.

— Silence, mes chers frères. Taisez-vous, je vous en supplie. Hadriana Siloé nous est enlevée à l'instant de ses noces. Le scandale a lieu dans la maison de son Père! Au lieu de blasphémer, appelons sur Sa fille foudroyée Sa grâce et Sa miséricorde!

— Grâce la miséricorde! firent des centaines de voix.

5

Maître Homaire souleva Hadriana de la marche d'autel où elle était étendue et la prit avec précaution dans ses bras. De toutes ses forces il se mit à fendre en brise-lames la foule houleuse. A la sortie de l'église, les assistants qui n'avaient pu y trouver place l'accueillirent avec des cris de joie, croyant qu'il s'agissait d'un impromptu original de la cérémonie. Sous les vivats et les envolées des cloches, il continua sa course en direction de la résidence des Siloé, suivi d'une cavalcade de gens. La nuit était tout à fait tombée. Aux abords mal éclairés de la place, à une centaine de mètres du point d'arrivée, un second quiproquo nous attendait.

– Voici les mariés! Vive les mariés!

A ces cris les musiciens et les tambourinaires de Titus Paradou, déjà à pied d'œuvre, ouvrirent le carnaval de 1938 sur un air très entraînant de rabordaille *. Aussitôt un groupe de jeunes filles et de garçons masqués se mirent à danser, en file, à deux longueurs d'avance de l'avocat et de la morte. Se tenant par la taille et tortillant des hanches, ils changèrent la déroute du cortège nuptial en un monôme délirant de gaieté jusqu'à la porte du manoir.

Maître Homaire posa le corps de la mariée sur un

drap blanc tendu à même le parquet du salon. Dès lors une lutte sans merci s'amorça entre les deux systèmes de croyances qui se disputent depuis toujours l'imaginaire des Haïtiens : la foi chrétienne et la foi vaudou *. Les parents d'Hadriana commencèrent à perdre le contrôle de la veillée. L'aristocratique manoir qui dominait le golfe, en un clin d'œil, se transforma en une ruche fantastique : des essaims de personnes, pour la plupart inconnues des Siloé, s'affairaient librement autour de la mort de leur fille. Sans prendre leur avis, au milieu des lamentations et des sanglots, elles enroulèrent les tapis persans, déplacèrent le mobilier d'époque et les vases de Sèvres, aveuglèrent avec un colorant blanc les miroirs et le verre de la pendule en bronze doré, mirent à l'envers les housses des fauteuils et des canapés Louis XV. Quelqu'un s'avisa de placer tête en bas une superbe table à thé anglaise à marqueterie en mosaïque.

Ces apprêts funèbres terminés, Madame Brévica Losange, une voisine des Siloé qui avait une réputation de mambo *, invita les demoiselles d'honneur en larmes à intervertir culottes et soutiens-gorge, et à tourner sens devant derrière jupes et corsages. Elle affirma ensuite tout haut que le décès d'Hadriana n'était pas dû à une cause naturelle. On n'avait pas besoin du talent de Sherlock Holmes pour découvrir la piste qui conduisait à l'auteur du forfait. Celui-ci était signé Balthazar Granchiré! En peu de mots, sous les lambris dorés du salon, elle rapporta les mêmes faits troublants que Scylla Syllabaire nous avait révélés deux mois auparavant sur la place.

6

Les Siloé en pouvaient-ils croire leurs oreilles ? En juin 1914, le père d'Hadriana s'était présenté au concours de l'École polytechnique, à Paris. Admis avec la mention honorable, il avait été aussitôt happé par la Grande Guerre. Après le conflit mondial, ayant repris avec le même succès les études, André Siloé serait devenu ingénieur des Chemins de fer si la mort inopinée d'un oncle établi à Jacmel ne l'avait appelé à prendre sa succession à la tête de la manufacture de tabac dont était fier le bourg. En mars 1920, quelques jours avant de quitter la France, il épousa Denise Piroteau, une Bordelaise de dix-huit ans, sortie de l'Institution Sainte-Jeanne-d'Arc. Pour suivre son époux aux Antilles, elle avait renoncé à la licence de lettres classiques qu'elle avait commencé à préparer à la Sorbonne. Trois ans après la mort d'Hadriana, André Siloé devait rejoindre en Afrique les troupes de la France libre du général de Gaulle. Blessé à Bir Hakeim, il reçut une haute décoration des mains mêmes du général Kœnig. Le colonel Siloé se laissa mourir de chagrin dans un hôpital d'Alger, n'ayant jamais pu se remettre de la perte de sa fille adorée. Sa veuve m'accueillit, des années après, dans l'appartement qu'elle occupait rue Raynouard, à Paris. Ce jour-là, je cherchai dans son souvenir l'état d'esprit qui avait été celui du couple dans les heures qui précédèrent la veillée d'Hadriana.

Ils avaient été profondément choqués d'entendre leur voisine mêler le nom de Nana à une scabreuse histoire de papillon persécuteur de nymphettes. Toutefois, son mari et elle avaient été trop hébétés de chagrin pour réagir. Tout au fond d'eux-mêmes, ils avaient le sentiment que la sorte de fable grivoise et lugubre que la femme mettait tant de fantaisie à raconter appartenait sans doute au romancero funéraire d'Haïti. Tout compte fait, s'agissant du merveilleux de la mort, côté du destin commun à l'espèce, des gens différents d'origine et d'éducation pouvaient toujours s'y reconnaître. Elle avait partagé avec André cette ouverture d'esprit bien avant la tragédie qui détruisit leur foyer. A l'égard des choses du vaudou, ils avaient eu beaucoup moins de préjugés que les membres du patriciat jacmélien qu'ils coudoyaient au club Excelsior. En cela ils étaient proches de Henrik Radsen, l'exportateur danois, esprit curieux de tout qui avait, dans la foulée d'un Price-Mars, entrepris de précieuses recherches sur le culte national des Haïtiens. Malgré leurs fortes attaches catholiques, André et elle avaient trouvé naturel que l'enfance d'Hadriana fût illuminée par les contes époustouflants que les servantes noires lui murmuraient à l'office ou dans le secret de sa chambre. A sa mort, les Jacméliens, qui l'aimaient et l'admiraient comme une fée, l'intégrèrent, le soir même, au répertoire des fables du pays, dans une fantastique histoire...

En fait, l'état d'accablement total où se trouvaient les Siloé leur évita de découvrir la violence du conflit

51

qui se tramait sous leur toit autour de la mort de leur enfant. Au cours de l'historique veillée, ils laissèrent l'impression d'un couple « blanc » aux ressorts à jamais brisés, condamnés comme n'importe lequel d'entre nous à errer sans boussole dans les dunes que le vaudou allait faire tourbillonner avec rage autour de l'énigme fascinante qu'était la disparition d'Hadriana Siloé.

7

Cette nuit-là, pour limiter autant que possible les dégâts, ma mère et d'autres personnes proches des Siloé passèrent leur temps à trouver de fragiles compromis entre les rituels catholique et vaudou, frères ennemis qui se disputèrent âprement le corps et l'âme de la jeune fille. D'abord que fallait-il faire de la foule qui n'avait pas arrêté de chanter et de danser sous les fenêtres du manoir ? Devait-on la laisser changer la pompe chrétienne de la mort en un temps de fête caraïbe ? Depuis des semaines les gens ne juraient que par une nuit de bombance et de folie. Allaient-ils se contenter d'une veillée policée, moyennement animée, « à la manière des Blancs-Français » ? Ensuite : où devait-on exposer le corps de la mariée ? Au salon des Siloé, à la salle des fêtes de l'hôtel communal ou à celle de la préfecture ?

— Pourquoi ne pas l'exposer sur la place, sous les arbres centenaires de l'allée des Amoureux ? suggéra mon oncle Ferdinand.

— L'idée me paraît excellente, dit Maître Homaire. Une vierge-mariée qui appartient à l'ordre des étoiles doit être veillée à ciel ouvert, tout près des nids d'oiseaux... Qu'en pensez-vous ?

André et Denise Siloé acquiescèrent de la tête, absents.

– Maître Homaire, dit Madame Losange, vient de faire allusion à la virginité de la défunte. Dans les cas de mort comme celle-ci, la première mesure à prendre n'est-elle pas de déflorer proprement la victime ? Qui va s'en charger ?

Mon oncle Ferdinand essaya avec doigté d'évacuer l'indélicate question.

– Cette précaution, dit-il, serait bien inutile dans une grande famille française... et catholique, Dieu merci.

– Grande famille française ou pas, estampillée catholique devant derrière ou pas, reprit une Madame Losange très contrariée, il faut protéger la dernière traversée de cette enfant. On pourrait demander à Lolita Philisbourg de le faire, mais je crains que le tour de main d'une jumelle n'excite encore plus la perversité du baka * responsable du décès.

On pouvait mordre le silence tant il s'était appesanti sur le salon. La plus proche voisine de Madame Losange lui pinça jusqu'au sang la peau de la cuisse pour qu'elle la ferme, tandis que ma mère lui faisait des signes discrets de désapprobation.

– Après tout, continua-t-elle, imperturbable, une lueur redoutable à l'œil, la besogne sacrée appartiendrait à Hector Danoze, l'époux légitime. Il est hospitalisé, en état de choc...

– A mon humble avis, intervint Scylla Syllabaire, c'est une tâche à confier à un innocent. Ce serait plutôt l'affaire d'un garçon aussi vierge que la défunte.

– As-tu quelqu'un en tête ? dit Madame Losange.

– Pourquoi pas Patrick Altamont ?

En grand désarroi, je baissai vivement la tête. Ma

mère, heureusement, vint aussitôt à mon secours.

— Nana et Patrick, dit-elle, ont été tenus sur les fonts de baptême par la même femme, c'est comme qui dirait sœur et frère. Je suis de l'avis de Maître Homaire, la famille Siloé est hors d'atteinte des bizangos.

Les parents d'Hadriana avaient l'esprit ailleurs. Ils avaient l'air de remonter ensemble le cours des années d'une adorable petite fille française, à mille lieues de ce débat profanateur.

— J'ai le devoir d'insister, dit la mambo. Un viol abominable plane sur l'ange que nous pleurons. Il ne faut pas qu'elle arrive devant Dieu sa belle jeunesse souillée, sa chair intime méchamment déchalborée *. La manivelle de Granchiré n'attend que ça. Croyez Madan Brévica, la lune de miel d'un baka n'est pas une fête de première communion.

— Pour l'éviter, on n'a qu'à ensevelir la jolie dame la bouche contre terre, fit remarquer le tailleur Togo Lafalaise.

— Surtout pas ça, nègre mazette, avisa Madame Losange. Tout baka, bloqué côté jardin de la femme, se précipite côté cour avec une bande également ravageuse! Si on écarte le dépucelage sacré, il faudra mettre un pistolet chargé et un coupe-coupe bien effilé aux côtés de Miss Siloé. Sportive comme elle était, elle saura résister à ses ravisseurs. Il faudra aussi lui coudre la bouche avec de la ficelle noire pour l'empêcher de répondre quand elle entendra dans la nuit crier trois fois son nom de sainte!

On était sur de tels charbons ardents quand le révérend père Naélo et son vicaire, le père Maxitel, firent leur entrée au salon. Ils se dirigèrent tout droit vers le canapé où étaient assis Denise et André Siloé. Pendant un long moment, entre les quatre, auxquels furent invités à se joindre ma mère, mon oncle Ferdinand, Maître Homaire, il se tint à voix basse une sorte de conseil privé pour arrêter les dispositions de la veillée et des obsèques. Il était huit heures passées quand le père Naélo, soucieux dans sa courte barbe blanche, se leva de son fauteuil. Il prit aussitôt la parole.

– Mes chers amis, dit-il sur un ton de prône, Hadriana Siloé sera veillée sous les fromagers de la place de la manière la plus conforme à nos traditions chrétiennes. Une fois que le préfet Kraft aurait fait taire le carnaval, tout Jacmel à genoux montera la garde avancée de Dieu autour des dépouilles de sa fée bien-aimée. Après la messe solennelle de demain matin, Madame Hector Danoze sera enterrée conformément aux rites de notre sainte mère l'Église. Tous ensemble, dans la dignité de notre chagrin, sachons faire respecter les vœux de cette honorable famille catholique que le sort a injustement frappée dans son pays d'adoption. Madame Luc Altamont, la créatrice de la robe de mariée, est seule chargée des formalités de la toilette mortuaire. Nous invitons les personnes étrangères à cette pieuse opération à se retirer. Dans une heure environ, nous nous retrouverons tous sur la place. En vérité, c'est toute la terre qui est humiliée lorsqu'une jeune fille de dix-neuf ans est foudroyée le soir de ses noces!

– Amen, firent tous les présents en se signant vivement.

CHAPITRE TROISIÈME

HADRIANA SUR LES GENOUX DES DIEUX

Suivez-moi au fond du puits magique où Jacmel
Un soir est tombée avec tous ses habitants.

R. D.

1

Le catafalque d'Hadriana Siloé était dressé entre deux rangs de cierges, au milieu de l'allée des Amoureux, bien avant les coups de dix heures du soir. Les étoiles brillaient si bas qu'elles semblaient appartenir à la chapelle ardente. De toutes les maisons environnantes, les gens avaient apporté des chaises et des bancs. A l'arrivée du cercueil ouvert les tambours du carnaval s'étaient tus spontanément. Ne sachant que faire encore du chien malade de ma solitude, je profitai de l'accalmie pour me faufiler dans la multitude.

Les bandes carnavalesques avaient complètement pris possession de chaque mètre carré de la place. Comme on l'avait annoncé, les plus renommées de la région du Sud-Ouest étaient là. Pour le moment, musiciens et danseurs avaient l'air de bivouaquer au milieu de leurs instruments endormis : diverses races de tambours, vaccines *, lambis *, hochets, saxos, flûtes, cornets, accordéons. Ici et là, sous les arbres, tout en mangeant et en buvant, les Jacméliens avaient commencé à se raconter des histoires de veillées.

Je m'arrêtai d'abord devant un groupe d'hommes déguisés en femmes. Pour simuler un état de grossesse avancée, ils avaient placé sous leurs robes de satin vert des oreillers et des coussins. Ils avaient des poitrines et des fesses de vénus callipyges. En appui sur des gourdins, les travestis bavardaient avec des personnages enveloppés dans des draps blancs. Ces derniers avaient les oreilles et le nez bouchés avec du coton. Ils parlaient d'une voix nasillarde. A quelques pas de ces faux morts se concertaient des loups-garous à demi nus, vernissés de la tête aux pieds de sirop de canne et de noir de fumée. Ils avaient les doigts onglés de cornets en fer-blanc que le moindre geste faisait cliqueter. Ils tenaient, coincés entre dents et lèvres, des quartiers de pelure d'orange qui donnaient à leurs visages une expression effrayante.

Un peu plus loin, je tombai sur les Charles-Oscar de Madan Ti-Carême : coiffés de képis bleu et rouge, ils étaient en redingote noire aux boutons jaune safran, en pantalon écarlate enserré dans des guêtres blanches, des éperons géants aux talons. Chaque Charles-Oscar affichait son mérite militaire sur un écriteau suspendu à son dos : « colonel plus tard plus triste », « commandant qui donne à chaque foyer sa part de tribulation », « général de division à la verge vachement vindicative ».

Près du kiosque à musique je découvris une théorie de Pierrots aux vêtements bariolés, aux masques en toile métallique bleu pâle, des grelots à la ceinture. Aux abords de la préfecture, des Indiens caraïbes, dans l'étincellement de leurs plumes, faisaient honneur à une dame-jeanne de tafia, parmi les arcs et les flèches entassés sur le trottoir. Le perroquet du préfet, le Général Télébec, déguisé en vautour, leur répétait, goguenard :

– A votre santé, Indiens de merde !

A la terrasse du Café de l'Étoile campaient un

groupe de Mathurins, les gars endiablés de Mathurin Lys, l'arpenteur enchanté des phantasmes de Jacmel; vêtus de peignoirs flottants, ils avaient à la tête un chapeau-bolivar en papier mâché multicolore, garni de plumes de paon et de longues nattes, ainsi que d'un gréement d'objets héréroclites : cornes, poupées, médaillons, verroteries, petits miroirs, amulettes, le tout retenu par un madras attaché à une sorte de haute mâture en bambou.

D'autres mascarades occupaient les côtés est et ouest de la place. Des caciques indiens batifolaient librement avec de jeunes beautés arawaks, aux seins nus en équilibre au-dessus d'étincelants paréos en paille tressée. Des Frères de la Côte et des Chiens de mer de la reine Elisabeth d'Angleterre avaient le torse tatoué de têtes de mort et de vertèbres de couleuvre. Sous l'œil attendri de sir Francis Drake, ils pelotaient hardiment de somptueuses fesses de négresses bamba-ras. Celles-ci étaient vêtues seulement de leurs turbans à fleurs, le pubis dissimulé sous un sévère loup en velours blanc, aux lèvres et aux yeux phosphores-cents.

Des barons et des marquises de la cour de Louis XIV jouaient à saute-mouton sur le gazon avec des sacerdotes en habit du tiers-ordre des Capucins, rosaires à la ceinture, croix de bois à la poitrine. Des officiers généraux, noirs et mulâtres, en uniformes de la Grande Armée de Napoléon, faisaient d'amicales parties de bras de fer avec des officiers du corps de marines, au temps de l'occupation de l'île par les troupes d'assaut du président Wilson.

Dans la foule bigarrée je reconnus aussi Simon

Bolivar en personne : il était engagé, tout tout nu, dans un zagzag épique avec la chair solennelle et barbare de Pauline Bonaparte, tandis que Toussaint Louverture, en tenue de gouverneur de Saint-Domingue, tirait l'oreille pour rire au général Victor-Emmanuel Leclerc, l'époux magnifiquement cocufié de la future princesse Borghese.

Le roi Christophe, en visiste officielle à Versailles, faisait majestueusement les cent pas, bras dessus bras dessous avec l'épouse du roi Charles X, devant des glaces qui leur renvoyaient des images étincelantes de la partie fine qui les attendait. Dans un salon voisin, le président Alexandre Pétion, métis et républicain, embrassait avec l'ardeur d'un autre Alexandre, général macédonien de son état, les cuisses prodigieusement lyriques de la toute jeune Madame Récamier.

A quelques mètres de là, l'empereur des Haïtiens, Jacques Ier, avait pour partenaire, à une sorte de tennis de table, le généralissime Staline. Joseph Vissarionovitch Djougatchvili était affublé de l'uniforme de gala des tzars de toutes les Russies. Les deux petits pères des peuples, avec une égale dextérité, se renvoyaient une tête d'homme réduite dans toutes ses dimensions selon la technique propre aux Indiens jivaros. La balle de ce primitif ping-pong était tantôt noire, tantôt blanche, jaune ou rouge, selon les aléas du championnat du monde qui se disputait.

Les masques avaient reconstitué sur la place le temps et l'espace qui avaient exactement correspondu aux héros représentés, au moment de leur participation à l'histoire de la planète. Mais la mémoire historique était brouillée jusqu'à la dérision, de même que les pistes qui avaient conduit les uns et les autres du Capitole à la roche Tarpéienne. Aux côtés des personnages légendaires, sans jamais se mêler véritablement à leur chimérique aventure, déambulaient d'autres fantasmes jacméliens, également habillés d'imaginaire, qui avaient opté toutefois pour des rôles moins spectaculaires de porcs, d'orangs-outangs, d'oiseaux de proie, de taureaux, de requins, de cobras, de crocodiles, de tigres, de tontons-macoutes et de léopards.

Le temps du masque avait convoqué trois siècles d'histoire humaine à la veillée de ma frangine. Les figures sculptées dans le marbre le plus pur comme les figurines de bois pourri se préparaient ensemble à danser, chanter, boire du rhum, marronner la mort, en soulevant la poussière de la place d'Armes de mon village qui, au milieu de la mascarade générale, se prenait pour la scène cosmique de l'univers.

2

Durant mon absence les parents d'Hadriana avaient pris place auprès du catafalque. Ils étaient entourés des principaux notables de Jacmel. J'identifiai de nombreux visages qui m'étaient familiers. Madame Brévica Losange paraissait tout à fait remise de sa déconvenue du début de la soirée. Allée se changer, elle était revenue dans la fraîcheur d'une longue robe bleu indigo, tombant sans un pli, comme un caraco * des temps-longtemps, sur des bottines à lacets, le chignon 1900 de ses cheveux gris impeccablement ramassés sur la nuque. On a dit plus tard que le collier qu'elle portait en sautoir sur la poitrine renfermait un dieu dans chacun de ses grains d'ambre. Un calcul fait après coup permit d'évaluer à trois douzaines le nombre de loas * qui tenaient compagnie aux seins hautement remontés de la Brévica dans la longue marche de la nuit du 29 au 30 janvier 1938.

A mon arrivée je notai dans le maintien des gens une tension que le deuil, pour intense qu'il fût autour de Nana, ne pouvait à lui seul avoir créé. Notant ma perplexité, ma mère s'empressa, à voix basse, de me mettre au courant de ce qui s'était passé dans l'heure précédente.

— Les jeux sont faits, me souffla-t-elle. Le préfet a déjà tranché : la fête aura lieu comme prévu.

– Avec tambours, danses et tout?

– Oui. Les religieux, soutenus par quelques bigots, n'ont pas obtenu des autorités le renvoi pur et simple du carnaval en raison de la mort de Nana.

– Quels arguments ont-ils avancés?

– Le père Naélo a dit qu'une explosion de paganisme sur la place risquerait de compromettre à jamais « le salut de l'ange d'amour que Jacmel veillait ».

– Quoi encore, raconte!

– Cécilia Ramonet a dit que les groupes de carnaval n'allaient pas se contenter de danser et de chanter décemment en hommage à Hadriana. On pouvait s'attendre à des excès orgiaques du vaudou.

– Lesquels?

– Sacrifices d'animaux, danses lubriques, sabbat rouge et autres scènes de sorcellerie.

– Qui était dans le camp opposé?

– Maître Homaire, oncle Féfé, les docteurs Braget et Sorapal, Dodo Brifas et Ti-Jérôme Villaret-Joyeuse, et moi aussi, bien sûr.

– Qu'a dit Maître Homaire?

– « Dans le souvenir des Jacméliens, Nana Siloé doit rester associée à la rage de vivre qui l'a brûlée plus vivement que toute autre jeune fille de sa génération. »

– Il a osé dire ça!

– « Sa beauté, a-t-il ajouté, rayonnait plus près des battements de tambour que du glas d'un clocher! »

– Les prêtres n'ont pas riposté?

– Le père Maxitel a dit que c'étaient des propos de franc-maçon. Sœur Hortense a dit que Maître Homaire devrait avoir honte de profaner la bière

ouverte d'une sainte en présence de ses intercesseurs
auprès de Dieu.

– Le docteur Braget n'a pas parlé?

– Il est allé encore plus loin. Il a dit que la danse
banda *, exécutée avec talent, était la plus belle forme
de prière inventée par l'homme et la femme.

– C'était le feu aux poudres!

– Attends! Il y a encore mieux.

– Pas possible. Raconte.

– Henrik Radsen aussi, en grand Blanc danois, est
monté à son tour au créneau. Il a dit que, mieux que
des prières, les danses vaudou étaient des hymnes
inégalés à l'aventure humaine que Dieu déroule
comme un tapis sous nos pas d'ici-bas. En Europe,
qu'il a dit, dans les prières, les fidèles font appel aux
yeux, aux mains, aux genoux, aux lèvres. Le charme
d'Haïti devant Dieu tient dans le fait que les hanches,
les reins, les fesses, les organes intimes interviennent
dans les mouvements élevés de l'âme comme autant
de forces motrices de rédemption. Le banda est
peut-être la forme oratoire la plus belle qu'on ait
imaginée.

A ces paroles, me dit Mam Diani, les religieux se
signèrent, muets d'indignation. Sœur Hortense se jeta
à genoux, les deux mains à son rosaire.

– Alors, poursuivit ma mère, Cécilia Ramonet,
plus veuve de fer que jamais, passa à l'assaut. « Messieurs, dit-elle, ce que vous voulez c'est tuer une
deuxième fois la merveille des Siloé. Vous voulez
lancer sur sa mort le rut bestial de Baron-Samedi *! La
brutalité de sa disparition ne vous suffit pas! Il vous
faut la livrer à la tribu des dieux païens qui avilissent
la chrétienté de ce pays! »

– J'espère que tu as protesté, dis-je à ma mère.

– Mon sang n'a fait qu'un tour. Je ne sais d'où m'est venu le courage d'affronter en public le général César! « J'ai suivi Nana, pas à pas, dans sa courte vie, ai-je dit. Avant de créer sa robe de mariée, j'ai eu à coudre sa première petite robe d'enfant. J'ai voulu que sa marraine, Germaine Muzac, fût aussi celle de mon unique fils. J'ai vu Nanita passer de trois pommes à la grande beauté. Elle n'aurait pas apprécié les propos que vous avez tenus. La seule fois que je l'aie entendue parler de la mort, savez-vous ce qu'elle m'a dit? " Si je mourais jeune, j'aimerais que ma mort soit vécue, par tous ceux qui m'auraient aimée, avec les tambours et les masques des jours de carnaval! " »

J'avais envie de sauter au cou de ma mère pour la féliciter. Elle n'avait pas trahi la jeune fille de mes rêves!

– Après toi, qui a parlé?

– Le préfet, ni plus ni moins, Barnabé Kraft. « Je ne suis pas intervenu jusqu'ici, a-t-il dit, pour laisser aux différents sons de cloches la liberté de se manifester. Mon opinion de préfet, la voici : la fête doit suivre normalement son cours. J'ai recueilli les avis des Siloé et des Danoze ; André et Denise, Priam et Carmita, comme moi, ne souhaitent aucun changement dans le déroulement des festivités que Jacmel avait prévues pour célébrer le bonheur de leurs enfants. »

3

Au même instant le clairon de la retraite aux flambeaux retentit au coin nord de la place. Les gendarmes du commandant Armantus y pénétraient au pas de course. Aux approches de la foule, ils adoptèrent le pas cadencé. Torses nus, la torche à bout de bras, ils étaient tous déguisés en nègres marrons à turbans, de la célèbre colonne de François Makandal *. Encouragés par les clairons, les musiciens du carnaval, sans crier gare, réveillèrent les esprits libertins des tambours radas *. Le vaudou étouffa aussitôt la marche militaire comme un coq en flammes les cris d'une poule en fuite. Sur-le-champ, faux nègres marrons et gens masqués de la place s'abandonnèrent à un extraordinaire jeu d'épaules et de reins, les genoux légèrement pliés, en projetant en avant, avec vigueur, la tête et le tronc. Des centaines de personnes se mirent à pivoter sur elles-mêmes sans interrompre la rotation endiablée des hanches. D'autres couraient sur un pied, en faisant semblant de s'agenouiller, se livrant à des entrechats et à des virevoltes d'une souplesse féline. A vingt mètres environ du catafalque, les musiciens, dans un accord parfait, imposèrent à la fièvre générale un casser-tambour * : la foule s'arrêta de danser pour mimer la raideur cadavérique d'Hadriana Siloé, faisant de la place un canton du royaume des morts.

Le commandant Armantus s'avança seul jusqu'à la chapelle ardente. Il inclina la torche au-dessus de la bière, à la hauteur du visage d'Hadriana. L'oreille tendue, il avait l'air d'écouter quelque chose de tragique, comme suspendu aux lèvres de la morte, buvant des paroles décisives. Il leva le bras droit pour faire le salut militaire. Au lieu d'achever son geste, il poussa un cri comparable seulement à celui qu'on avait entendu quelques heures auparavant sous la voûte de l'église. Il se mit à marcher à reculons jusqu'au premier rang de la compagnie de gendarmes. Il parla à voix basse aux clairons, qui sans tarder firent entendre la sonnerie aux morts. Aussitôt après, le commandant Armantus ordonna le demi-tour à ses hommes, et les emporta, ventre à terre, à la caserne.

4

La conduite du commandant Armantus devait rester l'une des énigmes les plus déroutantes parmi toutes celles qui défièrent notre bon sens de cette année-là. Plusieurs témoins usèrent vainement leurs facultés à vouloir la déchiffrer. Le militaire préféra quitter la gendarmerie, Jacmel et le pays plutôt que de faire à quiconque la moindre confidence touchant l'origine de sa panique face à la dépouille mortelle d'Hadriana Siloé.

Si vous voulez me croire, croyez-moi : un après-midi de l'hiver 1956, je pris un taxi à New York, à la porte du Pennsylvania Hotel, pour me faire conduire à la statue de la Liberté que j'avais envie de visiter. Entre le chauffeur noir et moi, un courant de sympathie passa illico. Il me demanda en anglais ma nationalité. Je ne sais pourquoi, j'eus l'idée de lui cacher que j'étais haïtien. A tout hasard je lui dis que j'étais dahoméen. Mon mensonge eut sur lui un effet des plus surprenants.

– Vous avez dit da-ho-mé-en, n'est-ce pas ? Le pays où se trouve le port de Ouidah * ?

– Oui, monsieur.

– Quel jour est-on aujourd'hui ?

– Le vendredi 18 novembre, dis-je.

– Vous avez bien dit ven-dre-di ?

– Oui, monsieur, hier était jeudi et demain *saturday*.

– Résumons : le vendredi 18 novembre de l'an de grâce 1956, un citoyen du Dahomey saute dans le taxi de l'ex-commandant Gédéon Armantus à destination de la statue de la Liberté, à New York City! C'est bien ça?

– Qu'y a-t-il d'extraordinaire à cela? dis-je, profondément interloqué.

– Mais tout, monsieur! Voilà dix-huit ans que j'attends ce miracle! la rencontre d'un messager de Ouidah, un vendredi 18 novembre! Les trois éléments de la conjonction à tante Euphémie sont là!

– Tante Euphémie?

– Ma grand-tante, morte centenaire, au début des années 30. Elle m'apparut en 1938 dans le cercueil d'une jeune fille française emportée le soir de ses noces, en pleine gloire corporelle!

– Laissons tomber la statue de la Liberté, lui dis-je, bouleversé. Roulez comme bon vous semble, peu importe le prix de la course. Racontez-moi tout.

C'est ainsi que je reçus des mains mêmes de Gédéon Armantus la clef de sa débandade de la nuit du 29 janvier 38. En se penchant sur la bière ouverte d'Hadriana, la main déjà engagée dans un admiratif salut militaire, il découvrit avec stupeur, au lieu du visage fascinant qui était familier à tout Jacmel, le masque momifié de sa vieille tante, décédée cinq ans auparavant, à cent sept ans, après avoir pendant un demi-siècle enseigné l'instruction civique à l'institution de jeunes filles Célie-Lamour. L'ancienne institutrice lui aurait murmuré :

– Mon petit-neveu chéri, rends-moi heureuse, ne quitte pas ces lieux sans faire sonner le clairon des morts. Sous cette place Toussaint-Louverture reposent quelques-uns des plus grands vaincus de l'histoire des chrétiens-vivants!

Deux jours plus tard, consultée dans un govi *, sôr * Euphémie confirma son propos et fit jurer à son descendant de ne jamais, sous peine de mort violente, confier à personne le secret dont il était le dépositaire, « à moins, dit-elle, de croiser un jour sur ton chemin, de préférence à New York, chez les Blancs-Méricains, un vendredi 18 novembre, jour anniversaire de la victoire des Nègres à Vertières *, un homme origi-naire du pays de Ouidah, au Dahomey. A celui-là tu pourras transmettre un message qui, autrement, risque de former un redoutable caillot de sang dans ton cerveau de Jacmélien! »

Les coups de clairon du commandant Armantus avaient, en effet, conduit Jacmel au bord de l'embolie collective. Il régna sur la place un engorgement inextricable de globules rouges qui provoqua une sorte d'apesanteur existentielle : durant plusieurs minutes on vécut le malaise qui doit accabler un troupeau de dauphins échoués sur une plage ensoleillée. Chacun pouvait écouter son souffle et ses battements de cœur, ainsi que ceux de son voisin, battre une chamade de tous les diables. Assis aux côtés de Maître Népomucène Homaire, j'entendis distinctement le glouglou des métaphores qui se carambolaient dans sa grosse tête d'homme d'imagination ! Ce qui nous sauva de la thrombose générale, ce fut le coup de coutelas qu'un Jacmélien avisé eut la présence d'esprit de donner, au même moment, à un jeune cochon : la clameur stridulente de l'animal égorgé arracha la foule à ses spasmes d'agonie. Les cent tambours d'un nouveau banda, plus endiablé que le précédent, remirent dans le sang de tous les meilleures pulsations de la vie.

6

Sans perdre de temps, Madame Brévica Losange sauta à pieds joints dans le rôle pour lequel, sans doute, un petit matin d'avril 1894, elle était venue sur la terre du Sud-Ouest haïtien. Elle se pencha sur une sacoche en vannerie. Elle en exhuma avec gravité des objets de déguisement : un tricorne, une casaque militaire rouge, un masque de saint catholique en carton violet, deux sachets, une bouteille, des gants et des lunettes d'automobiliste de l'année 1900, un cierge noir trapu, un margotin de bois-pin.

– Que fait-elle ? dis-je à ma mère.

– Elle prépare une « expédition » contre les mauvais esprits de la mort. C'est un rite connu de conjuration.

Madame Losange revêtit la casaque de grenadier, se coiffa du tricorne verni, enfila les gants de pilote. Après avoir fixé le masque et les lunettes sur son visage, elle fit quelques pas vers le catafalque et salua la famille Siloé avec une gracieuse flexion de jambes, buste incliné. Elle déboucha la bouteille et répandit quelques gouttes de son contenu rosâtre à la droite, à la gauche, devant le catafalque, en psalmodiant des formules : « *Apo* lisa gbadia tâmerra dabô !* » Ensuite elle salua avec la bouteille les points cardinaux de la place et inclina brièvement le goulot au-dessus du visage d'Hadriana. Ces libations rituelles terminées, elle baisa trois fois le bois verni du cercueil. Ensuite elle versa de la cendre dans le creux de la main droite. Elle dessina sur le sol, juste devant le catafalque, trois cercles surmontés d'une croix. La femme vida un autre sachet et traça au marc de café les contours d'un papillon géant aux ailes déployées au-dessus d'un sexe féminin.

    — Qu'est-ce que tu vois, toi? dis-je à ma mère.

    — Une espèce de zodiaque aux motifs étranges!

Le talent de Madan Brévica avait dessiné sous nos yeux un sphinx qui convoitait une vulve-soleil, à la pomme bien modelée, aux lèvres et au clitoris magnifiquement épanouis. Elle prit du menu bois-pin pour allumer un feu. Chacun suivait attentivement les gestes de la mambo. Les gens d'Église avaient la tête baissée sur le chapelet qu'ils récitaient avec une piété traquée. Les Siloé, le regard ailleurs, dévidaient un rosaire intérieur inconnu des nègres. Les notables catholiques de Jacmel – les Fontant, Ramonet, Voucard, Zital, Douzet – semblaient écrasés sous une double honte : primo, étalage blasphématoire de coutumes africaines; secundo, profanation incendiaire de la chair blanche. La Losange rappela brutalement les uns et les autres aux réalités du rite mortuaire qu'elle présidait :

– Foutre-tonnerre, cria-t-elle, ce feu de rédemption a faim!

Aussitôt plusieurs spectateurs se mirent à l'alimenter. Quelqu'un commença par lui lancer un paquet de vieux numéros de *La Gazette du Sud-Ouest*. A la vue des premières flammes, Lolita Philisbourg enleva son soutien-gorge et le donna à manger au feu. Sa sœur Klariklé répéta l'offrande en y ajoutant son porte-jarretelles d'Italie. Mélissa Kraft et d'autres jeunes filles se privèrent de leurs bas de soie et de leurs combinaisons en satin. Des hommes firent pleuvoir des chaussettes, des cravates et des mouchoirs. Des handicapés renoncèrent, qui à une béquille, qui à un faux bras en bois d'acajou. On vit également atterrir dans le feu ragaillardi un chapeau-bolivar, un masque à l'effigie du pape Alexandre Borgia, un parapluie, un petit banc, une chaise en rotin, un papa-godemichet gothique, une cornette immaculée de bonne sœur. Le visage de Madame Losange se contracta de plaisir face à l'érection joyeuse du brasier. Elle prit l'un des cierges de dix kilos allumés au bord du catafalque et elle le planta au-dessus du dessin des organes génitaux de la morte dans l'intention de barrer la route aux menaces de viol du papillon. Madame Brévica éleva de nouveau la voix, cette fois pour demander qu'on amène à ses côtés les trois principaux tambours de la fête : Gros Cyclone, Maître Timebal, Général Ti-Congo.

— Princes du rythme rada, dit-elle en leur versant du rhum à boire, entrez en campagne pour sauver le dernier sommeil de la princesse que voici !

Dès les premières mesures de danse, saint Jacques * le Majeur, chef de la famille des Ogou, monta le cheval * Brévica Losange. Aussitôt possédée, la mambo improvisa une chanson en harmonie avec les batteries :

> *Loa saint Jacques saint patron de Jacmel*
> *Sauvez-nous la belle Nana que voici*
> *Un papillon maudit lui a jeté un sort*
> *Toi qui aimes tant le soleil-vagin*
> *Remets-le en marche dans notre sang !*

Refrain :

Loa saint Jacques général du feu
Toi qui aimes tant les gros tétés
Rallume Nana Siloé dans notre vie!

Dès que la foule parvint à retenir l'air et les paroles de la chanson, la veillée explosa. Plus personne ne pouvait continuer à prier à genoux. Tout le monde fut violemment happé par l'envie de chanter, danser, crier, d'éclater à la face sacrée de la mort. Les religieux, blessés au plus vif de leur idée chrétienne du trépas, s'éclipsèrent discrètement. D'abord les deux prêtres de la paroisse, le directeur et la supérieure des deux écoles congréganistes, suivis des chers frères et des bonnes sœurs. Après leur départ, aucun vent général de perdition ne se mit à souffler sur la place, comme on devait le répéter dans les jours et les mois suivants. Tout se passa dans les limites d'un hommage païen à Hadriana Siloé. Sa dernière fête ne menaça à aucun moment, pas même à l'entrée en scène des Couilles enchantées, de tourner au mystère priapique, à la Walpurgis caraïbe ou à la saturnale sans maman d'un bal criminel à la haïtienne! Au contraire, tambours, vaccines, instruments à vent changèrent la chanson de Madame Losange en saison ensoleillée de la nuit : leur furie musicale fit alterner en chaque vivant mort et naissance, râles d'agonie et cris triomphants de l'orgasme. Le volcan musical réduisit en cendres les obstacles légendaires entre Thanatos et Éros, au-delà des interdits jetés entre les spermatozoïdes des mâles noirs et les ovules des femelles blanches. L'explosion des guédés *, vivifiée par le sang chaud, mit les âmes et les corps, verges et vagins éblouis, en harmonie cosmique avec l'espoir fou d'arracher Nana Siloé à la mort et d'allumer de nouveau l'étoile de sa chair dans notre vie.

Cette espérance insensée électrisa la foule. Outre Madame Losange, de nombreuses autres personnes prirent loa. Parmi ces possédés, montés entre autres par Agoué-Taroyo *, Damballah-Ouèdo *, Baron-Samedi et plusieurs autres guédés, se distingua une négresse d'une vingtaine d'années, au visage protégé par un masque de mort joliment volanté en voile et en dentelle, sous un grand chapeau à plumes comme sur les estampes mexicaines. Elle était vêtue seulement d'une envolée vaporeuse de tulle brodé. La mambo lui fit signe de s'approcher du feu. Elle lui murmura quelque chose à l'oreille. On chuchota sur la place que l'inconnue était possédée du loa Erzili *, gardienne des eaux limpides et douces, protectrice des charmes infinis de la vie.

– D'après toi, qui est-ce ? dis-je à ma mère.
– Le cheval, je ne vois pas qui ça peut être. Parlez d'un beau brin de fille ! Quant au loa, je la reconnais : c'est une déesse espagnole, la vierge noire d'Altagracia. Elle est originaire d'Hatuey, en République dominicaine. Outre Erzili, on l'appelle souvent Fréda Toucan-Dahomin. C'est quelqu'un de très bien. Elle est vénérée des deux côtés de la frontière. Elle est aimée et choyée également à Cuba et au Brésil. Fréda veille sur les lunes de miel et les actes d'amour en général !

L'éblouissante Fréda découvrit le dessin érotique tracé au pied du catafalque. Elle eut l'air de reconnaître dans le vevé * la lumière génitale de sa propre boîte aux rêves. Elle la salua avec respect. Ensuite, à l'écart des autres loas, Madan Losange et Fréda commencèrent à onduler des épaules et des pieds, avec des feintes, des entrechats et des voltes rapides, comme si elles étaient portées par le flux et le reflux d'une vague invisible. Saint Jacques le Majeur (la Brévica) dansait comme un maître. Mais on n'avait d'yeux que pour sa partenaire en voile de mariée. Sa beauté et sa grâce étaient comparables seulement à celles de la morte. Son yanvalou-dos-bas * était empreint d'une époustouflante sensualité : sous le voile transparent les formes nues imitaient à la perfection la course chaloupée d'un bateau de rêve. Quand elle s'arrêta de danser autour du foyer, elle enleva son voile et fit semblant de l'enflammer. Puis elle le passa lentement comme une mousseuse éponge de salut sur le cou, les seins, les fesses et entre les cuisses. L'ablution sacrale terminée, elle remit le voile et le maintint relevé jusqu'aux hanches pour mimer avec saint Jacques le Majeur les tours de reins d'un coït fabuleux.

8

Titus Paradou choisit le moment précis de la copulation symbolique pour faire défiler les Couilles enchantées de la fameuse confrérie. La tête en avant, le cou raide, ces jeunes gens se tenaient par la taille, et tortillant les hanches, ils avançaient à la queue leu leu derrière leur chef, les pieds emportés par le rythme d'un nago-grand-coup *. La contagion musicale remit en branle la place. Par toutes ses allées, des colonnes de femmes et d'hommes, masqués pour la plupart, notamment les personnages historiques, ondulaient à pas courts et pressés, en agitant les épaules et en jouant de la ceinture à se déboîter tous les os du corps. Ces masques furent aussitôt rejoints par les notables et par tous ceux qui, par crainte d'offenser la douleur muette des Siloé, n'avaient osé jusque-là quitter leurs sièges, engoncés dans leur rôle de spectateurs. Ma mère et moi, de même que Maître Homaire, Henrik Radsen, les jumelles Philisbourg, les sœurs Kraft, mon oncle Féfé et bien d'autres, nous cédâmes à l'envie de rallier la fourmilière dansante.

Guidée par Titus Paradou, Madan Brévica et Erzili, la farandole fit sept fois le tour du catafalque. En dansant le long du cercueil ouvert, chacun put faire ses adieux personnels à la jeune femme. L'impression générale – qui fut abondamment commentée dans les temps suivants – était que la mort n'avait en rien altéré ses traits. Elle semblait sommeiller paisiblement, les yeux légèrement fermés, la bouche parcourue d'une sorte de joie ineffable. C'était, comme dira plus tard Maître Homaire, « le sourire d'un être aux prises seulement avec le mystère de son rêve d'amour interrompu ».

Dans les commentaires délirants auxquels l'article de l'avocat donna lieu, devait revenir sous les formes les plus insolites la comparaison avec le sourire de la Joconde. Maître Homaire avait, entre autres, écrit : « Dans le voile bleuté du petit matin, confondu avec les voiles des noces, il émanait de la mort d'Hadriana Siloé une espèce d'envoûtement sublunaire considérablement renforcé par l'allégresse énigmatique des lèvres. Comme chez Mona Lisa, le charme du visage semblait pivoter sur lui-même, complètement purifié des contingences consternantes du décès et porté à merveille à l'incandescence intérieure qui sied à l'éternelle beauté féminine. »

A la fin de 1946, à mon arrivée à Paris, je me précipitai, haletant, au musée du Louvre, vers la célèbre toile de Leonardo, comme au premier rendez-vous pris loin de Jacmel avec Nana Siloé. J'en fus profondément déçu. *La Joconde* était bien le chef-d'œuvre d'un peintre génial, mais, comparée à la jeune fille de mon souvenir, elle semblait plutôt ricaner, sans aucun feu intérieur. Dans la trame de ma nostalgie inguérissable, Hadriana avait son maquillage de mariée intact; la peau de son cou et de ses mains était aussi lisse et fraîche qu'une mangue cueillie juste avant le lever du soleil. La mort avait donné à sa beauté un air de joyeuse profondeur comme si elle était intérieurement absorbée par un rêve plus prodigieux que la vie et la mort à la fois. Sa bouche n'évoquait pas un sourire légendaire, mais un fruit éclatant de fraîcheur auquel toute bouche assoiffée aurait voulu mordre jusqu'à l'extase.

9

A six heures, le dimanche 30 janvier peignit en camaïeu les arbres de la place. La farandole de Titus Paradou avait porté la nuit à son acmé. Avant les funérailles, il ne restait plus qu'à brûler le papa-Mardi gras. Y aurait-il un judas de la miséricorde ? se demandait-on dans la foule. Les jumelles Philisbourg tenaient la réponse. Elles provoquèrent l'une des grandes surprises de la veillée : elles s'amenèrent à l'improviste avec un mannequin représentant un énorme papillon. On reconnut le grand absent de la fête : Balthazar Granchiré. Les gens cessèrent pile de chanter et de danser. Comme le feu était à son déclin, on lui jeta de nouveau de vieux journaux, de faux seins, des tricornes vernis, des culottes et des slips, ainsi que du gros sel marin par poignées.

La cérémonie faillit mal tourner : un jeune homme dont les fiançailles avaient été rompues par le papillon tira un coup de pistolet sur son sosie. La balle s'immobilisa dans l'étoupe dont était bourré le mannequin, à moins d'un centimètre du sein gauche de Lolita Philisbourg. D'un geste vif, Fréda Toucan-Dahomin trancha symboliquement, au coupe-coupe, le sexe en état d'énergie dont était armé le papillon. Aussitôt châtré, il fut livré au brasier. Il flamba au milieu d'un silence solennel. Quelqu'un cria : « A mort Granchiré ! Nana est ressuscitée ! »

Le cri d'espoir eut comme écho les premières notes du glas qui annonçait les obsèques. On aperçut les pères Naélo et Maxitel, précédés du porte-croix. Ils se frayaient avec vigueur un passage en direction de la chapelle ardente. La levée du corps était proche. Les deux femmes eurent le temps de plonger le pouce dans la cendre brûlante de papa-Mardi gras. En présence des prêtres, elles tracèrent un signe de croix sur le front d'Hadriana Siloé. La fête était morte à son tour. Alors chacun essaya de se donner une contenance, empêtré de sa vie encore toute bariolée de la drôlerie endiablée des heures précédentes.

CHAPITRE QUATRIÈME

REQUIEM POUR UNE FÉE CRÉOLE

La mort et la beauté sont deux choses profondes
Qui contiennent tant d'ombre et d'azur qu'on dirait
Deux sœurs également terribles et fécondes
Ayant la même énigme et le même secret.

Victor Hugo

1

Malgré la courte distance qui séparait la place d'Armes de l'église, nous y arrivâmes tout essoufflés derrière le cercueil. La décoration joyeuse du lieu saint n'avait pas changé. Le père Naélo n'avait pas fait remplacer les oriflammes aux couleurs vives des noces par des tentures de deuil. On pouvait croire à la reprise pure et simple de la cérémonie de la veille. Après le *Kyrie eleison* chanté par les bonnes sœurs, les paroles du Livre de la Sagesse et de l'Évangile selon saint Jean, lues par le père Maxitel, l'homélie du père Naélo nous ramena sans ménagement à l'atroce réalité.

-- Hadriana était son saint nom de baptême, commença le curé. Au lieu de la veillée chrétienne que sa pureté méritait, Jacmel lui a fait subir les outrages d'une nuit de carnaval. A l'injustice de sa mort s'est ajouté le scandale des masques et des danses du paganisme le plus débridé.

« Le fait est là : Jacmel a tramé un sabbat subversif contre l'innocence de sa fée. En vérité, chers frères, pour comparaître devant son vrai Dieu, Hadriana Siloé n'avait pas besoin du secours des loas guédés, ni de l'accompagnement de leur tam-tam, ni de leur danse obscène et macabre. Ces pompes de l'impiété ont profané gravement sa mort.

« En ce terrible janvier haïtien, Seigneur, nous implorons Ton pardon pour tous ceux qui ont souillé le matin virginal de Ta fleur bien-aimée. Nous appelons sur Hadriana, comme sur Jacmel en deuil de son ange, la miséricorde du Père, du Fils et du Saint-Esprit!

« L'éclatante jeune femme que voici avait un don exceptionnel de présence au monde, Seigneur, fais que la passe d'eau de Ta miséricorde coule fraîche et limpide sur ses pieds nus, dans la rude montée vers l'assemblée des saints que Tu présides au royaume des cieux!

« Oui, Christ rédempteur, reçois Hadriana comme un guetteur l'aurore! Malgré les offenses du vaudou, pardonne Ta petite cité de Jacmel. Ces Jacméliens T'aiment par-dessus tout, et leur amour espère pour Madame Hector Danoze, en tout honneur et en toute gloire!

« Seigneur nous prions pour Ta servante
la fée créole Hadriana Siloé
nous prions pour son étoile
qui n'a brillé qu'une fois!
« Sainte Marie, mère de Dieu
priez pour les pauvres pécheurs de Jacmel
maintenant et à l'heure de leur mort
délivrez-nous des masques
et des tambours du paganisme.

« En souvenir du baptême que ce corps de reine a reçu ici même, dans la maison de son Père où elle a trouvé la mort à dix-neuf ans; en souvenir du rayonnement de sa beauté; en souvenir de celui de son âme plus bleue que tout le bleu du ciel, Seigneur, bien au-delà de la douleur et des larmes, que Ton plus large sourire l'accueille à la porte du paradis! Au revoir, madame! »

A la fin de l'office des morts, la chorale des sœurs jeta une pelletée de paroles latines sur la caraïbe désolée de ce dimanche sans Nana Siloé. Les têtes des assistants, chrétiens-vivants encore masqués, devinrent soudain à mes yeux hallucinés de petites lampes faites d'une demi-noix de coco remplie d'huile palma-christi : « Accende lumen sensibus, infunde amorem cordibus, infirma nostri corporis, virtute firmans per-peti.. De profundis... Dies irae, dies illa... Libera me... Dona eis requiem... in paradiso... »

2

Pour la deuxième fois en moins de vingt-quatre heures, des bras de Haïtiens l'emportèrent précipitamment hors de l'église de son enfance. A la sortie, les lampes tête-gridape * agitèrent leurs ailes de hiboux dans le matin vivement ensoleillé. Des centaines de gens, les os moulus de fatigue, étaient rentrés chez eux après la mort de la bamboche. Ceux qui accompagnaient Nana jusqu'au bout formaient toutefois une masse impressionnante. Le convoi s'ébranla au trot derrière le porte-croix, dans une marée de fleurs. Du temple au cimetière, on avait un kilomètre au plus de marche à faire. A cent mètres du portail d'entrée, il y avait une éminence à gravir. Elle était connue des amateurs d'enterrement sous le nom de «pubis de Melpomène Saint-Amant». A cet endroit, le convoi se cabra tel un animal ombrageux. Un homme à l'allure de Baron-Samedi invita des guédés présents à ses côtés à prendre le cercueil des mains apostoliques qui le portaient. Les loas se mirent aussitôt à chanter et à danser. Frappés d'hésitation, tantôt ils reculaient, tantôt ils avançaient avec la morte, en effectuant des détours et de subites volte-face, ce qui obligea l'ensemble du cortège funèbre à en faire autant. Ils répétèrent trois fois ce manège autour du périmètre érotique de la Saint-Amant avant de se décider à le traverser au galop.

— Pourquoi font-ils ça? dis-je à mon oncle Féfé.

— Les dieux désorientent le petit bon ange * blanc de Nana. Au cas où il voudrait rappliquer à la maison, il ne retrouverait pas le chemin.

3

Dans l'allée principale du cimetière, le préfet Kraft, Henrik Radsen, Maître Homaire, mon oncle Ferdinand, se substituèrent aux guédés. On était encore éloignés du lieu prévu pour la sépulture. N'ayant pas de caveau de famille à Jacmel, les Siloé avaient obtenu une concession sur une élévation de terrain qui dominait le golfe dans toute son étendue. Les fossoyeurs attendaient à l'ombre d'un amandier. Ils faillirent prendre la fuite à la vue des masques qui s'égaillaient entre les tombes dans leur direction. On se regroupa en cercle autour des parents d'Hadriana. Le père Naélo prit le goupillon que lui tendait un enfant de chœur. Il aspergea gravement d'eau bénite la bière, toujours découverte, posée à même la terre amoncelée sur les côtés de la fosse. Y aurait-il un discours ? Les croque-morts s'apprêtaient à passer les cordes sous le cercueil quand Maître Homaire leur fit signe d'attendre. Quelqu'un lui remit un long étui noir. Il en sortit la flûte que ses voisins connaissaient bien. Il exécuta d'abord un air majestueux. Quoique inconnu à Jacmel, il suscita une vive émotion. Tout le monde pleurait, religieux catholiques et dieux vaudou compris. Des années après, je découvris à la Scala de Milan que c'était un morceau du *Nabucco* de Giuseppe Verdi : la musique du chœur des Hébreux captifs, *Va, pensiero!* L'avocat interpréta ensuite *Sombre dimanche,* une chanson alors très en vogue qu'on disait à l'origine de nombreux suicides d'amoureux dans le monde entier. Ses paroles étant sur toutes les lèvres, la foule pouvait accompagner le flûtiste :

Je mourrai un dimanche où j'aurai trop souffert
alors tu reviendras mais je serai partie
des cierges brûleront tendrement comme l'espoir
pour toi rien que pour toi mes yeux seront ouverts
n'aie pas peur de mes yeux s'ils ne peuvent te voir
ils te diront que je t'aimais plus que la vie.

Par ce sombre dimanche les bras chargés de fleurs
je suis restée toute seule dans ma petite chambre
où pourtant je savais que tu ne viendrais pas
j'ai murmuré des mots d'amour et de douleur
je suis restée toute seule et j'ai pleuré tout bas
en écoutant souffler le vent froid de décembre.

Sombre dimanche!

Dans le dimanche resplendissant de Jacmel, la chanson produisit un effet des plus inattendu. Dans tous les yeux la joie pointa à travers les larmes. Les bruits joyeux du matin ensoleillé envahirent la cérémonie d'inhumation : un coq draguant trois poules en même temps dans une bananeraie voisine; un couple adolescent galopant à cru un cheval aubère entre deux haies rouges de marguerites à tonnelles; des oiseaux se poursuivant éperdument dans l'amandier musicien sous la brise de mer. Le jour haïtien, à perte de vue

95

immensément bleu, fit fondre la tristesse dans l'azur prodigieux du golfe. Le deuil ne seyait pas à nos adieux. Même le bruit des cailloux sur le bois du cercueil allait des années durant retentir dans notre souvenir comme un écho de vie plus fort que le chagrin.

4

Le lundi 31 janvier, aussitôt terminée la classe du matin au lycée Pinchinat, je rentrai précipitamment à la maison. Mam Diani, mon oncle Féfé et sa femme, tantine Émilie, s'entretenaient avec animation dans l'atelier de couture. Ils n'y tenaient pas en place, une tasse de « thé-saisissement » à la main. Sans me laisser le temps d'articuler un mot, ma mère m'en tendit une.

– Que s'est-il encore passé? dis-je, après une gorgée.

– Patrick, je t'en prie, bois-en une autre, fit ma mère. Féfé vient d'arriver du manoir des Siloé : Nana a disparu de sa tombe!

– Raconte! dis-je, pétrifié, à mon oncle.

Un croque-mort revenu quérir une pelle oubliée sur les lieux de l'inhumation trouva la fosse vide. Plus mort que vif, il prit ses jambes à son cou en direction du presbytère. Le père Naélo écouta attentivement sa déclaration. A travers les halètements et les bégaiements de l'homme, il retint le fait suivant :

– A la place de la jolie mariée enterrée au vu et au su de tous, le contenu d'une cruche d'eau de pluie s'évapore à la chaleur du soleil!

Le curé alerta aussitôt les autorités. Outre mon oncle, juge d'instruction, le préfet Kraft, le capitaine

Cayot (représentant le commandant Armantus, alité), le docteur Sorapal, médecin légiste, Maître Homaire, pour la presse, se joignirent au prêtre pour gagner le cimetière. Sous l'amandier où Madame Hector Danoze avait été ensevelie la veille, ils découvrirent un trou béant, sans rien dedans, à part une petite nappe de la dernière averse. Corps, cercueil, fleurs, tout s'était volatilisé!

A la demande du préfet, mon oncle dressa immédiatement un procès-verbal décrivant l'état de fait. Conformément à l'article 246 du Code pénal en vigueur, une information judiciaire serait ouverte contre X pour violation flagrante de sépulture, prise en otage de petit bon ange blanc en pleine cérémonie nuptiale, séquestration criminelle de jeune épousée revenue à la vie.

Ensuite les officiels, dans tous leurs états, se rendirent ensemble chez les Siloé. Le préfet leur apprit que, dans la nuit du dimanche au lundi, leur fille, probablement victime d'un crime rituel, a été enlevée de sa tombe et emmenée de force vers une destination inconnue.

Les parents d'Hadriana accueillirent la nouvelle et les explications embarrassées du père Naélo par une moue incrédule et fataliste à la fois. Après ce qu'ils avaient vécu depuis les événements du samedi, plus rien au monde ne saurait les étonner. Leur opinion était arrêtée : à la veillée et aux funérailles d'Hadriana, en hommage émouvant à sa beauté, le réel merveilleux haïtien était entré en éruption. Incapables d'admettre l'arrêt du cœur qui a terrassé Nana au pied de l'autel, des Jacméliens à l'imagination nécrophile ont réincorporé leur fille à un conte de fées. La disparition de son corps du sépulcre était l'épisode qui menait à son terme ce saut dans un imaginaire aux prises avec la peur de la mort. C'était le tribut que leur malheur avait à payer à l'identité magique de leur pays d'adoption.

— Denise et moi, conclut André Siloé, de même que vous, messieurs, ou bien vous mon révérend père, nous ne pouvons hélas rien contre la nébuleuse de fables et de fictions qui, à Haïti, entourent fatalement le destin de la mort et le destin de la vie. Pour parer à cette double fatalité, le Christ lui-même, s'il se mêlait des affaires haïtiennes, manquerait de bras comme la Vénus de Milo!

— Tout était dit avec humour et sur un ton irrévocable, confia mon oncle.

— Aucun de vous n'a osé insister? demanda ma mère.

— Non, après de telles paroles, il fallait se mettre à genoux devant la souffrance résignée du couple et se taire. C'est le parti qu'on prit. On s'est retiré tous les six sur la pointe des pieds sans avoir abordé le vif ou plutôt le *mort-vivant* du sujet!

— C'était à toi, Féfé, de le faire, dit sa femme.

— C'est aussi mon avis, dit ma mère. A Jacmel, qui est plus autorisé que toi à parler des zombies?

— J'ai été à deux doigts de tout déballer. Au dernier moment je me suis ravisé. Pour les Blancs le zombie serait une des formes mythiques du destin des Haïtiens. Les Siloé auraient tourné en dérision mes souvenirs.

— De quels souvenirs parles-tu, oncle Féfé? dis-je.

99

D'un air de grand mystère, il pointa l'index vers moi.

— Il s'agit, jeune homme, d'un secret considérable de la vie! dit-il sur un ton sentencieux. Dans notre pays, pour sûr, l'histoire se répète plus que partout ailleurs, ajouta-t-il en se prenant la tête dans les mains.

— Pourquoi tant de cachotteries? dis-je. Raconte, oncle Féfé.

— Qu'est-ce que tu en penses, Diani, je mets Patrick au courant?

— Après ce qui vient de se passer, ça vaut mieux, dit ma mère. Le voici concerné d'aussi près que toi.

— C'est long à raconter, dit-il. Pour l'intelligence de mes souvenirs personnels, tu as besoin d'être éclairé au sujet du phénomène zombie en général. Laissons ça pour ce soir. Je dois me sauver, il y a beaucoup à faire au tribunal.

AINSI PARLA MON ONCLE FÉFÉ

Ce soir-là, j'écoutai pour la première fois un adulte cultivé, « un homme de loi, de poids et encore de loa » (comme on disait avec humour de mon oncle) aborder l'ensemble de la question zombie. Jusque-là, elle était pour moi un mystère plus épais que celui de la grossesse par l'érection du Saint-Esprit. Enfants, les histoires de zombie nous tenaient en haleine, nous donnaient le frisson et faisaient dresser les cheveux sur notre tête lors des séances de contes fantastiques tirés * tard le soir durant les longues vacances d'été dans les collines des environs de Jacmel.

Pour tonton Ferdinand, un zombie – homme, femme, enfant – était une personne dont le métabolisme, sous les effets d'un poison végétal, a été ralenti au point d'offrir au regard du médecin légiste toutes les apparences de la mort : hypotonie musculaire générale, rigidité des membres, pouls imperceptible, disparition de la respiration et des réflexes oculaires, baisse de la température du corps, pâleur du visage, test du miroir négatif. Malgré ces symptômes de décès, le sujet zombifié conservait l'usage de ses facultés mentales. Reconnu cliniquement décédé, mis en bière et enseveli publiquement, il était, dans les heures qui suivaient son inhumation, enlevé de sa tombe par un sorcier pour être soumis aux travaux forcés dans un champ (zombie-jardin) ou dans un atelier urbain (zombie-z'outil). Quand il y avait des doutes autour du caractère naturel ou non d'un trépas, pour éviter tout risque de zombification, il était d'usage de mettre un coutelas, un rasoir ou un pistolet dans la main du trépassé afin qu'il puisse se défendre à son retour à la vie. D'autres fois on l'enterrait avec une pelote de fil et une aiguille sans chas afin de distraire son attention des éventuelles menées du faiseur de zombie; ou encore on plaçait à sa portée des graines de sésame qu'il aurait à compter une par une, durant sa première nuit sous la terre. Il n'était pas rare qu'on fît injecter du formol dans les veines d'un macchabée ou qu'un membre de sa famille demandât expressément à un croque-mort de lui briser les membres, de l'étrangler ou bien de le décapiter carrément...

6

CODEX DU FAISEUR DE ZOMBIE
OU PHARMACOPÉE ZOMBIFÈRE

L'abaissement spectaculaire du métabolisme constituait la première phase des épreuves de la zombification. Le houngan * fabricant de zombie s'arrangeait avec un complice, choisi souvent dans l'entourage de la victime, pour lui faire administrer, à la dose voulue, une substance hautement toxique. La formule du poison à zombie la plus répandue faisait appel aux ingrédients suivants : extraits séchés de crapaud de mer, vésicule biliaire de mulet, raclures de tibia de chien enragé, ossements broyés de jeune garçon, cartilages de poisson-globe fou-fou et osselets de couleuvre, pulvérisés dans un mortier ou à la meule, avec des graines de tcha-tcha, de la sève de pois-gratter, du soufre en poudre et de quelques boules de naphtaline. Ce mélange était ensuite incorporé à une solution de clairin, d'huile palma-christi et d'assa-foetida.

L'ingestion de la drogue provoquait la cessation apparente des principales fonctions vitales. Celles-ci descendaient à un niveau proche de zéro, à la limite du point de non-retour où commence l'aventure de la putréfaction. Dans les heures qui succédaient à l'enterrement de la personne zombifiée, le bokor * procédait à la réanimation de son faux cadavre. A cette fin il lui donnait un antidote composé de concombre-zombie (datura metell ou datura stramonium), de feuilles desséchées de plusieurs plantes, entre autres le bois-caca, le bois-chandelle, le gaïac. Ces éléments étaient dilués dans un grand coui * d'eau de mer qui aurait préalablement servi au bain vaginal d'une femme enceinte de sept mois ou de deux sœurs jumelles dans la demi-heure qui suivait un coït maison, ou bien à deux soirées seulement de leurs menstrues prochaines.

L'absorption du contrepoison ne suffisait pas à faire de l'individu réveillé un zombie à cent pour cent, dans le plein sens du mot. L'antagoniste l'empêchait de succomber réellement, sortait l'organisme de son état d'hibernation momentanée en lui permettant d'éliminer rapidement les toxines. Les cellules passaient du faible régime de l'hypothermie à une vie normale, tandis que l'oxygénation rendait son rythme naturel au sang qui venait de circuler pendant des heures par à-coups. Le sujet était mûr pour la phase finale du processus de zombification. Il ne restait au sorcier qu'à lui enlever son petit bon ange, en manipulant les forces cosmiques qui relient les végétaux aux principes spirituels de la condition humaine. A la faveur de cet acte éminemment magique, l'âme du faux défunt était séparée de son corps et introduite dans une bouteille.

L'oncle Féfé me rapporta un exploit réalisé en 1932 par le bokor Okil Okilon, l'homme qui avait changé Balthazar Granchiré en papillon dragueur. A travers la fente d'une fenêtre, il aspira l'âme d'un rival médecin, à l'heure de sa sieste. Il la souffla dans une carafe en cristal. Ensuite au cimetière, après les funérailles, il n'eut qu'à passer le col étroit du récipient sous le nez du docteur Oruno de Niladron pour le réanimer. Okilon réussissait ce jour-là un coup de maître.

Le plus souvent le voleur de petit bon ange attendait la fausse mort de sa proie pour, grâce à sa puissance magnétique, propulser du corps vivant l'âme qu'il a décidé d'embouteiller. Ainsi privé de son petit bon ange, le mort présumé pouvait parler, se mouvoir, s'alimenter et travailler. Il était soumis à un régime alimentaire strictement désodé, le sel étant universellement connu pour ses propriétés antidémoniaques. La vue, l'ouïe, l'odorat, le goût et le toucher du zombie, à peine altérés, fonctionnaient désormais à petite vitesse. N'ayant plus de volonté propre, l'homme, la femme ou l'enfant devenait un « viens-viens », aussi docile qu'un âne, dans une totale dépendance à l'égard du sorcier, sans être, pour autant, un schizophrène en état de stupeur catatonique de type hystériforme...

7

Après m'avoir instruit de ces données de base propres à l'entreprise de zombification, mon oncle Féfé tira un livre d'un rayon de sa bibliothèque.

– Tiens, me dit-il, avant la suite de mon exposé, lis l'article 246 du Code de procédure criminelle en vigueur dans notre pays.

« Est aussi qualifié d'attentat à la vie d'une personne, par empoisonnement, l'emploi qui sera fait contre elle de substances qui, sans donner la mort, auront produit un état léthargique plus ou moins prolongé, de quelque manière que ces substances aient été employées et quelles qu'en aient été les suites.

« Si, par suite de cet état léthargique, la personne a été inhumée, l'attentat sera qualifié d'assassinat. »

Ensuite mon oncle évoqua pour moi deux célèbres affaires de zombisme. Dans le passé elles avaient défrayé la chronique judiciaire du pays. La première histoire, j'avais entendu Scylla Syllabaire la narrer plus d'une fois au cours de ses audiences * vespérales sur la place. C'était un « classique » du romancero des zombies. Raconté par mon oncle, il prit toutefois l'éclat d'un fait quasi autobiographique. En effet, l'oncle Féfé avait bien connu, à l'île de la Gonave, Constant Polynice, un témoin personnel de l'événement. C'était le même homme qui, dans les années 20, avait mis

William Seebrook sur la piste qui le porta, en 1929, à publier *L'île magique,* le feuilleton (best-seller aux U.S.A.) qui, dans l'entre-deux-guerres, mit les zombies à la mode sur les écrans de Hollywood. C'était l'histoire de Ti-Joseph, un faiseur de zombies. Scylla nous l'avait rendue familière sous le titre *Les fugitifs du Morne-au-Diable.*

Un matin de janvier 1918, Ti-Joseph du Colombier, flanqué de sa femme Croyance, s'était présenté à l'embauche de l'usine sucrière la Hasco * à la tête d'une colonne de paysans déguenillés, prêts à jouer vaillamment du coupe-coupe dans les plantations de la compagnie américaine. Au moment de se faire embaucher, ces hommes au faciès d'hébétés, aux regards éteints, furent incapables de décliner leur identité. Ti-Joseph le fit à leur place : ils venaient du lieu-dit Morne-au-Diable, hameau perdu aux confins frontaliers haïtiano-dominicains. C'était la première fois que ces travailleurs descendaient dans la plaine et découvraient le bruit, l'agitation, la fumée d'une usine moderne. Ti-Joseph et sa compagne se portèrent garants de leur capacité à fournir un rendement de travailleurs de choc.

Les témoins de la scène se rendirent compte qu'ils avaient affaire à une main-d'œuvre zombifiée au service du couple du Colombier. C'étaient de pauvres diables tirés une nuit de leur faux dernier sommeil pour continuer à besogner dur au profit d'un patron aguerri. Pendant deux semaines, sous le fouet joyeux de Ti-Joseph, ils se révélèrent des champions de la coupe. Chacun d'eux réalisait le triple du labeur du meilleur coupeur de cannes de la saison. Douze' heures d'affilée, à part la brève halte pour le repas du midi, c'était un spectacle de ballet leur façon rythmée d'avancer, d'un champ à l'autre, en abattant tout sur leur passage, comme par enchantement, sous l'implacable soleil des tropiques. Le soir, ils se retrouvaient dans leur baraque pour faire honneur à la nourriture abondante que Croyance leur préparait : un ordinaire de bouillie de maïs, de bananes-plantin cuites à l'eau, de haricots noirs, assaisonné seulement d'ail et de piment pour éviter l'effet chahuteur et subversif du sel.

Tout alla bien jusqu'à la fin du mois de février. Ce dimanche-là, Ti-Joseph, du fric plein les poches, partit à Port-au-Prince se mêler aux monômes effervescents du carnaval. Il confia son équipe de ferrailleurs des champs à Croyance, qui avait l'habitude de ce genre de garde. Au début de l'après-midi, aux prises avec un dimanche à son goût trop lent à s'écouler, elle eut l'idée d'emmener ses salariés enchantés faire un tour au village voisin de La Croix-des-Missions. A l'arrivée, elle installa sa petite société à l'abri du soleil. Les zombies, errant hors du temps, n'avaient pas à le tuer comme faisait Croyance en grignotant ironiquement des friandises au sel, tout en suivant du regard les promeneurs du jour de fête. Tout à coup une marchande ambulante cria : « Tablettes! Tablettes-pistaches! A dix cobs * le sachet. » C'étaient des cacahuètes salées bien enrobées dans du sucre candi de canne. « Ces tablettes étant au sucre, pensa Croyance, ça fera sûrement plaisir à mes petits camarades d'outre-tombe. » Elle acheta quelques sachets et les répartit entre les zombies. Ceux-ci, en effet, trouvèrent du délice à les sucer et à les mâcher. Au bout d'un moment, ils se levèrent comme un seul tigre et mirent le cap droit sur le Morne-au-Diable natal. A leur arrivée, ils furent aussitôt reconnus par leurs proches pour le père, le frère, le fiancé, le cousin germain, le copain, qu'ils avaient enterrés au cours des années précédentes. Indifférents à la stupeur qu'ils allumaient sur leur passage, les zombies gagnèrent l'étroit cimetière rural où chacun, en deux temps trois mouvements, se creusa une nouvelle tombe où s'enterrer pour de bon...

8

Après l'histoire des gars de Ti-Joseph, mon oncle s'attarda sur l'affaire Gisèle K., à laquelle il avait été personnellement mêlé, à vingt ans, alors qu'il venait de commencer ses études supérieures à la Faculté de droit de Port-au-Prince. Gisèle K., splendide adolescente de seize ans, appartenait à une famille de riches exportateurs de la haute société de la capitale. Le 6 octobre 1908, un dimanche après-midi, la jeune fille fut victime d'une embolie qui l'emporta sur le coup. Le jour suivant, on l'enterra dans un déploiement de pompes extrêmement émouvantes. Huit mois après, des pensionnaires de l'école des sœurs de la Sagesse, en promenade à la campagne, aperçurent leur camarade défunte dans la cour d'une ferme isolée. En guenilles, les pieds nus, aussi belle qu'avant sa disparition, elle était en train de dresser à coups de fouet une harde de chiens féroces. Sitôt prévenus, les parents firent déterrer le cercueil : il était rempli jusqu'au bord de noix de coco à peine en décomposition.

La piste fournie par les élèves permit à la police de ramener rapidement la jeune fille à son foyer du Bois-Verna. Son état mental était très préoccupant. Envoyée à Philadelphie, les éminents psychiatres américains à qui elle fut confiée parvinrent, en moins d'un an, à la guérir tout à fait. Elle décida, avec l'approbation des siens, de ne plus remettre les pieds en Haïti. En avril 1911, après avoir tenu son propre rôle aux côtés de Mack Sennett dans le premier film d'épouvante tourné au ciné muet autour d'une aventure burlesque de zombie, elle quitta les États-Unis pour Paris. L'an suivant, elle y prit le voile sous le nom de sœur Lazara de l'Enfant-Jésus. Aux dernières nouvelles, elle était devenue la supérieure de son couvent de carmélites, au Puy-de-Dôme, à quelques encablures du village de Saint-Gervais-d'Auvergne.

Le samedi qui précéda sa fausse mort, mon oncle Féfé, après l'avoir fait danser jusqu'à l'aube à un bal du célèbre Cercle Bellevue, l'avait dépucelée en beauté. Leur accouplement, au jardin du club, avait été une fête si fulgurante que trente ans après, malgré l'issue mystique du drame qui les avait séparés, ils échangeaient, à chaque nouvel an, des vœux encore humides des caresses de cette nuit-là.

Mon oncle Féfé sortit de sa poche une enveloppe timbrée.

— C'est sa dernière lettre, dit-il. Elle porte la date du 24 décembre 1937. Je l'ai reçue il y a une semaine. J'avais l'intention, ce matin, de la lire aux parents d'Hadriana. Tu sais pourquoi j'ai changé d'avis. Voici la preuve la plus palpable de la mort apparente en Haïti. Lis-la plutôt...

Saint-Gervais-d'Auvergne,
le 24 décembre 1937.
Maître Ferdinand Paradizot,
Jacmel (Haïti).

Bien cher Féfé,

Pour une fois je t'enlève l'initiative de notre traditionnel échange de souhaits. Le motif de ma précipitation est bien simple : 1938 amène le trentième anniversaire de ma première « mort ». Le 8 octobre 1908, dans l'impressionnant convoi qui me conduisait au cimetière de Port-au-Prince, tu étais sans doute l'un des trois ou quatre êtres humains sincèrement inconsolables derrière mon cercueil. J'ai encore sous les yeux l'intensité de ton chagrin, Féfé. J'entends ta voix d'étudiant passionné se briser au-dessus de mon faux cadavre.

– Gise, je t'aime. Merci à vie pour ce qui s'est passé hier soir au jardin du Cercle Bellevue.

Tu es souvent présent dans mes prières. Dans quelques heures, entre minuit et le lever du jour sur la neige, j'associerai tout spécialement le souvenir de nos adieux d'amour à l'allégresse des cantiques de Noël. A l'horizon de notre village, l'antéchrist de Berchtesgaden fait un tintouin de cent mille diables. Son compère romain, lui, a osé arracher la bénédiction du Saint-Père en faveur des meutes de jeunes gens armés qu'il a jetés sur nos congénères sans défense de l'Abyssinie.

Les nouvelles qui nous arrivent d'Espagne sont désolantes à l'avenant : religieuses violées dans les couvents, sabbats rouges qui interrompent manu militari les offices, en assassinant les prêtres et en mettant

112

le feu à leurs églises, dans des centaines de villages espagnols. Une chose toutefois torture mon petit bon ange mulâtre : pour le salut de l'Espagne catholique Dieu aurait pu trouver mieux que les bras séculiers de ce général Franco et de ses « Maures sans foi ni loi », pêle-mêle soutenus par la Croix gammée et le Duce d'opérette. Les desseins du Seigneur sont impénétrables. Par le sang qui court, ave Maria, comme c'est vrai, Féfé !

Le mois dernier, un entrefilet de trois lignes dans *La Croix* signalait un affreux massacre de paysans haïtiens par un certain généralissime Léonidas Trujillo, en République dominicaine. Dans ta réponse voudrais-tu compléter mon information à ce sujet. Cet hiver, il souffle décidément un vent sibérien autour de l'étable de Bethléem. Raison de plus de garder l'esprit du Divin Enfant allumé dans notre (malgré tout joyeuse ?) vallée de larmes.

J'ai du mal à oublier l'année du dernier bal de ma vie première. Comment va le séduisant cavalier du samedi 6 octobre 1908 ? Quel talent tu avais à vingt ans pour étourdir « jusqu'à la mort » la romantique, confiante, et tout compte fait, la jeune fille transportée de bonheur que j'étais dans tes bras au jardin du Bon Dieu !

Sois un juge intègre et généreux, Féfé. Que Jésus te bénisse avec ta famille tout au long d'une bonne et heureuse année 1938. Je t'embrasse.

Ta zombie au loin fidèle,
Sœur Lazara de l'Enfant Jésus.
(Gise dans ton souvenir !)

Deuxième mouvement

CHAPITRE CINQUIÈME

LE MAL D'HADRIANA

1

Une trentaine d'années après l'« évaporation »
d'Hadriana Siloé, les voyageurs qui s'aventuraient
jusqu'à son lieu de naissance en revenaient avec une
impression unanime : Jacmel est en décrépitude; Jacmel est un bourg à la dérive; Jacmel vit les affres d'un
déclin sans rémission. Tout semblait avoir donné
raison à André Siloé : le Bon Dieu des Chrétiens
n'avait jamais pris racine dans notre patelin. Avec la
beauté de sa fille, le temps, l'espoir, le doute, la raison,
la compassion, la tendresse, la rage de vivre s'étaient
également évaporés de la terre jacmélienne. Celle-ci
paraissait assujettie à une sombre destinée, ballottée
par des vagues de vicissitudes malignes où interve-
naient, à parts aussi dévastatrices, fauteurs inassouvis
de désolation et de ruines, à la fois le feu, le cyclone, la
sécheresse, le pian, la présidence à vie, le paludisme,
l'État, l'érosion, l'homo papadocus *, soumis entre eux
aux échanges d'une sorte d'osmose inéluctable. Aucun
des témoignages que je grappillais au long de mon
errance d'exilé jacmélien ne rappelait que jusqu'au
soir du samedi 29 janvier 1938, Jacmel avait réussi à
suivre cahin-caha le sens d'un temps de vie qui, plein
de charme et d'espérance, parvenait à se dérouler en
harmonie avec les libres et joyeuses déterminations des
consciences individuelles.

En 1972, j'eus la surprise, un après-midi d'avril au Quartier latin, de lire dans *Le Monde* un article d'un ton différent de tous ceux qui m'étaient tombés sous les yeux durant les décennies précédentes. Il était bien le premier, en un quart de siècle, à évoquer, au-delà des images rebattues de la petite cité qui se mourait de solitude, le destin de port entreprenant, allègre, prospère, étincelant de civilité, qui avait été encore le sien, à la fin de mon adolescence, au temps d'Hadriana Siloé, durant les belles et sensuelles années d'avant « la petite nappe d'eau de pluie qui s'évaporait à la chaleur du soleil ». Voici le texte, intitulé *Lettre de Jacmel*, dont je pris connaissance sous les arbres ensoleillés du jardin du Luxembourg.

2

LETTRE DE JACMEL [1]

Située dans le sud de l'île, sur le littoral caraïbe, face
au Venezuela, Jacmel est la ville la plus éloignée par
mer de Port-au-Prince. Par terre, moins de quatre-vingts
kilomètres séparent les deux villes. Aller de l'une à
l'autre peut donner l'occasion de découvrir l'intérieur
d'Haïti, la plus belle, la plus voluptueuse, la plus
authentique des îles Caraïbes. Aucune route digne de ce
nom, en effet, ne relie Port-au-Prince à cette petite ville
provinciale, en un temps cité la plus moderne de l'île,
fameuse pour être avec Jérémie, plus à l'ouest, la ville
des poètes et pour avoir reçu tour à tour deux libertado-
res exilés : Francisco Miranda et Simón Bolívar. Dans
sa rade balayée par les vents, truffée de récifs, Miranda
aurait même dessiné le drapeau vénézuélien. Après
vingt-cinq kilomètres récemment asphaltés par une compagnie française, une route de terre, d'argile, de cailloux,
creusée de fondrières, se fait, selon la topographie des
lieux, chemin, piste, toboggan. En saison sèche, ce n'est
rien, tout au plus trois, quatre heures de promenade.
Mais pendant la saison des pluies, il faut quinze, vingt

1. « Lettre de Jacmel » de Claude Kiejman, Le Monde, avril 1972.

121

heures pour franchir une centaine de gués, transformés souvent en torrents, quand on ne doit pas plutôt y renoncer.

Peu de voitures tentent l'aventure : des Jeep, de rares Volkswagen, une ligne régulière de « tap-tap », ces transports en commun de fortune, moitié chars, moitié camions, bariolés de couleurs vives, et qui portent des noms pittoresques : « A la grâce de Dieu », « Marie la belle », « L'Immaculée Conception rénovée », « Confidence de Dieu ». Là s'entassent hommes, femmes, enfants, sur des bancs mis côte à côte en longueur et en largeur. Sur le toit, à l'arrière, attachés au plancher, les animaux domestiques. Les coqs de combat mêlent en une cacophonie étourdissante leurs cris de guerre aux grognements des cochons noirs de toutes tailles, ficelés, la tête brinquebalant dans le vide. Plusieurs fois, pendant le voyage, le « tap-tap » s'enlise. Alors tout le monde descend. On se repose un peu, on s'étire, on fredonne. Sans hâte, on pousse, on tire, on arrache le véhicule à la glaise.

Le paysage est intensément tropical. Par instants sauvage et torturé, il est à peine touché par l'homme. Alors s'enchevêtrent pêle-mêle ces arbres, ces plantes, ces fleurs qui font la richesse de la végétation haïtienne ; flamboyants, lauriers, manguiers, sapotilliers, tubéreuses, orchidées, amarantes, lauriers-roses et lilas. D'un « morne » (colline) à l'autre, la terre change. Les caféiers y sont cultivés par les habitants des « lakous », ces ensembles de cases faites de charpentes de bois, de boue séchée et de chaux appliquée sur un treillage de branchettes, où vivent sans le moindre confort des familles pléthoriques. Autour de la case, un cochon, quelques

122

poules, parfois une chèvre, trois pierres pour l'âtre. Des enfants nus, au regard couleur de jais, n'ont jamais entendu parler de l'école. L'homme, si c'est le temps de la récolte, est au champ, sinon il reste sur le seuil de sa case, il se balance dans un hamac sous le regard jaune des chiens.

Les femmes sont chefs de famille. Elles cuisinent, font la lessive, élèvent les enfants, tiennent les comptes. Plusieurs fois par semaine, elles partent pour le marché le plus proche, établi depuis des générations en un lieu-dit, au carrefour de plusieurs vallées, vendre ou troquer les produits de l'enclos : avocats, mangues, goyaves, gombos, manioc, graines de magie... Vêtues d'une simple robe de cotonnade claire qui s'arrête au-dessus du genou, les cheveux tressés en dizaines de minuscules tresses et couvertes d'un foulard noué à l'arrière de la tête, sur laquelle reposent en équilibre des charges énormes, elles vont solitaires, ou par groupes, d'une démarche superbe, la jambe longue et tendue, toujours pieds nus.

Infatigables, silencieuses, pipe à la bouche, elles marchent en file indienne le long des chemins, se retirent timidement sur le passage des rares voitures. Pour se reposer, elles s'assoient sur leurs talons, jambes écartées.

Le dernier gué passé, on entre dans la plaine de Jacmel. Déjà on aperçoit la mer. La terre est plus fertile, c'est la grande région du café, qui fut d'ailleurs, avec le coton, à l'origine de la richesse de l'île. En 1895, vingt-cinq mille sacs de café quittaient le port de Jacmel à destination de l'Europe, sans parler du coton, des écorces d'orange destinées à la fabrication du cointreau, des peaux de chèvre. Jacmel était alors une ville aimable, fleurie, brillante et policée, qui se voulait française par ses goûts, créole par ses mœurs, libérale en politique. La ville était bâtie face à la mer, les maisons particulières de bois dentelé, sculpté, comme celles que l'on voit dans les dessins de Charles Adams, voisinaient avec les magasins bondés de marchandises. Le port de Jacmel était, jusqu'en 1880 environ, le premier et le seul port de l'île à être desservi régulièrement par une ligne de bateaux à vapeur.

C'est de Jacmel aussi que les voyageurs de tous les points d'Haïti venaient s'embarquer pour l'Europe sur les luxueux paquebots de la Malle royale, qui faisaient le trajet jusqu'à Southampton en treize jours, ce qui était un record pour l'époque. Enfin, Jacmel pouvait se targuer d'être une des rares villes d'Haïti à posséder un lycée, fondé en 1864, qui existe toujours dans les mêmes bâtiments. Elle fut aussi la première ville de l'île dotée d'une usine électrique et du téléphone.

Le feu et les intrigues politiques allaient mettre fin à cette splendeur. Aujourd'hui, c'est la nostalgie qui l'emporte. Le port est ensablé, les grands bâtiments ocrés des douanes sont clos, les maisons branlantes après le passage des ouragans, les rues silencieuses et vides. Des enfants jouent dans les caniveaux, quelques femmes accroupies sous les montants du marché en fer, devant des petits tas de graines, de poissons séchés, de fruits, attendent l'acheteur. Suprême raffinement, un écriteau indique en créole que l'on ne doit pas salir la chaussée. Il n'y a plus de téléphone, l'électricité comme partout en Haïti est intermittente. Sur la place Toussaint-Louverture, l'ancien hôtel de ville, sur lequel on peut encore voir la trace de « Liberté-égalité-fraternité », dresse sur le bleu du ciel ses murs en ruine qui laissent apparaître l'océan.

Le dimanche, avec les cloches de la messe de six heures, et par la grâce de Dieu, la ville s'éveille pour un jour. Conduits par des bonnes sœurs en cornette, des centaines d'enfants vêtus d'uniformes bleu et blanc se dirigent vers l'église en chantant des cantiques. Le marché retentit de clameurs.

Sur les routes, ou ce qui en tient lieu, qui mènent à Raymond-les-Bains, ancienne station balnéaire, des groupes endimanchés, femmes coiffées de canotiers de paille de couleur pastel, hommes en veston que devaient porter leurs grands-pères, semblent poursuivre un chemin sans fin. Dans les trois cabarets en plein air que possède Jacmel, deux ou trois couples suivent, épanouis, le rythme d'orchestres de guitare, de marimbas, de castagnettes ou de palos.

A la Pension Kraft, tenue par deux vieilles dames, on fait ripaille. Le voyageur peut y dormir dans des chambres meublées à l'ancienne qui donnent sur des galeries de bois, sous le regard successif des différents présidents haïtiens, y compris feu Papa Doc et son fils Jean-Claude, aujourd'hui au pouvoir. On y déguste aussi la vraie cuisine créole (sauce à la petite malice, avocats relevés de hareng fumé, pot-au-feu fait de poulet dont les morceaux sont frottés au citron et au piment, patates et bananes frites, confitures de goyave, cocktail au rhum), servie par des servantes muettes qui vous éventent entre les plats. Jacmel vit au passé tant elle doute de l'avenir.

3

En lisant les premières lignes de l'article, je m'attendais, d'une seconde à l'autre, le cœur battant, à voir son auteur faire état de la vie et de la fausse mort d'Hadriana Siloé. N'avait-elle pas été jusqu'au soir de ses noces, par l'éclat exceptionnel de sa jeunesse, l'un des fleurons de la splendeur de Jacmel? Au bout de ma lecture, quelque chose se désola intensément en moi : pas la moindre allusion à Hadriana. Les circonstances tragiques de son « évaporation » ne figuraient pas aux côtés du feu, des ouragans, des intrigues politiques, considérés à juste titre comme les fléaux qui avaient mis fin à l'opulence de Jacmel. La beauté inoubliable de la jeune Française n'était pas retenue comme l'une des origines de la nostalgie qui consumait les Jacméliens. Le « mal d'Hadriana » qui m'empêcha d'avoir vingt ans dans mon pays natal, la croix de mes années d'exil, avait disparu sans laisser de trace dans la mémoire dévastée de Jacmel.

La probité de l'envoyée spéciale n'était pas en cause. Vraisemblablement, au cours de son enquête, elle n'avait levé, dans le souvenir des personnes interviewées, aucune confidence touchant l'affaire Siloé. Pourtant les deux vieilles dames qui tenaient la Pension Kraft où elle était descendue étaient des témoins aussi bien placés que moi pour informer une journaliste sur les événements de 1938. Elles avaient, en outre, sur moi l'avantage considérable de n'avoir, depuis cette année-là, jamais bougé de la place Toussaint-Louverture.

Mélissa et Raissa Kraft, en effet, avaient été des camarades d'enfance d'Hadriana. De la douzième au brevet supérieur, toutes les trois avaient fréquenté, à la même période, les classes de l'institution Sainte-Rose-de-Lima, située à deux pas de leur respective résidence. Je les avais vues souvent se promener bras dessus bras dessous ou faire du vélo dans les allées de la place à l'époque où leur exubérante puberté commençait à embellir les jours des chrétiens-vivants et des dieux. Elles étaient à mes yeux les trois Grâces créoles, déjà tout aussi captivantes et inséparables que le trio des divinités gréco-romaines : Aglaé, Thalie, Euphrosyne. Quatre ans plus tard, à la plage de Raymond-les-Bains, elles furent les premières jeunes filles, superbement formées, à m'apprendre, à leur manière dansante de se déplacer en maillot et pieds nus sur le sable, que le mouvement de la chair féminine, tout en courbes et en rondeurs joyeuses, ferait bientôt la passion et la fête de l'étonnante figure de géométrie qui, en moi, à leur passage, se durcissait et s'emballait à merveille!

Au mariage d'Hadriana, les sœurs Kraft s'étaient trouvées en tête du groupe fascinant des demoiselles d'honneur, en meilleure position que les pulpeuses jumelles Philisbourg qui étaient également des jeunes Haïtiennes très proches de Nana. Mélissa n'avait-elle pas déchiré sa toilette à l'église en voyant son amie s'écrouler avec son « oui » de perdition? Après la zombification de la « morte », Mélissa et Raissa, anéanties de chagrin, avaient imprudemment promis aux saints patrons de la paroisse de s'abstenir de toute relation sexuelle jusqu'à son retour au foyer de ses parents. Leur attente devait durer toute la vie. Leur promesse les voua, à leur corps défendant, à un cruel célibat : n'ayant ni l'une ni l'autre de penchant à la chasteté, elles n'étaient pas peu fières de leur sex-appeal de femmes-jardins.

4

INTERVIEW IMAGINAIRE
AU JARDIN DU LUXEMBOURG

La *Lettre de Jacmel* dans mes mains qui trem-
blaient de nostalgie, je ne pus m'empêcher de m'embarquer, à la place des sœurs Kraft, dans une sorte
d'interview imaginaire destinée à compléter l'information parue dans le journal. Je pris amicalement son
auteur par le bras.

– Venez avec moi. J'ai une chose à vous révéler du
passé de Jacmel.

Je conduisis la jeune femme jusqu'au balcon du
deuxième étage de l'ancienne préfecture. Accoudés à
la balustrade en fer forgé, on avait un point de vue
exceptionnel sur toute la partie basse du bourg traversée par le front de mer. Il faisait un crépuscule de
toute beauté. Les ombres des fromagers de la place
pâlissaient à nos pieds. On n'avait pas à se protéger les
yeux des rayons du soleil couchant. On pouvait sans
aucune gêne regarder la lumière s'attendrir avec des
teintes tantôt roses tantôt violettes, à la surface de la
mer et sur les toits au zinc rouillé de plusieurs rangées
de maisons au bois noirci par les intempéries. Blotties

129

sous les frondaisons des manguiers, des tamariniers et des cocotiers, elles avaient l'air de se serrer craintivement comme pour mieux résister ensemble au voisinage ombrageux du golfe et aux razzias saisonnières des cyclones. Sur une colline dominant les pitoyables maisonnettes, on distinguait au milieu d'un merveilleux jardin un bâtiment d'habitation de style colonial, blanc et vert, aux ailes parfaitement en harmonie avec le corps de logis. A la façade latérale en bordure de la rue d'Orléans, des jalousies à quatre battants mobiles s'ouvraient dans des enfoncements en retrait par rapport aux larges fenêtres. Tout en haut de l'édifice à deux étages, on lisait, lettres rouges sur fond blanc, l'enseigne de ce lieu de rêve : *Manoir Alexandra Hôtel.*

— Est-ce vrai que cet hôtel est hanté ? dit C.K.

— Une confidence des sœurs Kraft ?

— Non : l'une et l'autre ont opposé un grand mystère à mes questions.

— Vous auriez dû insister. Voici la maison où a vécu une de vos compatriotes, de sa naissance jusqu'au soir de sa fausse mort, à dix-neuf ans, dans les voiles de ses noces !

— Voilà un bon début de conte de fées.

— C'est une histoire qui est arrivée en 1938. Il est possible de contrôler sa véracité dans tous les détails. Le nom initial de l'hôtel était *Hadriana Siloé Palace.* Un mois après l'inauguration, son propriétaire, un imprésario américain de Cincinnati (Ohio), sous la pression affolée du préfet et des habitants, a dû remplacer *Hadriana* par *Alexandra,* le prénom de sa fille aînée, une mère de famille heureuse.

– *Hadriana* aurait porté malheur à Jacmel ?

– *Hadriana,* en toutes lettres à la façade du vieux manoir, c'eût été, jour et nuit, le fer dans la plaie jacmélienne, c'est-à-dire une détresse encore plus atroce que celle que vous avez décrite dans votre article. Trop, c'était trop pour une population qui avait déjà eu son compte de l'histoire, avec le feu, le cyclone, le cataclysme politique.

– La jeune fille a été assassinée ?

– Pire que ça : victime apparemment d'une crise cardiaque, le lendemain de son enterrement elle a disparu de sa tombe ! Quand une chose pareille a lieu en Haïti, les gens n'ont pas besoin qu'on leur fasse un dessin. En clair tout un chacun entendait qu'un sorcier avait enlevé la jeune épousée du cimetière afin de la mettre à son service quelque part dans les montagnes de l'île. Ce matin-là, la nouvelle se répandit comme un séisme !

– Encore une histoire de zombie ! Ces temps-ci les bouquins sur votre pays en sont pleins. Il paraît que c'est cyclique. Avant de quitter Paris, j'en connaissais déjà trois. La vôtre est pour sûr quelque chose de maison : à la sauce piquante des sœurs Kraft ! Allons, est-ce bien raisonnable de croire aux zombies ?

– Un ami à moi, neurologue un tantinet pince-sans-rire, pas plus tard que samedi dernier, à une question semblable à la vôtre, a fait en ma présence la réponse suivante : ceux qui croient au zombie sont des cons, ceux qui n'y croient pas sont encore plus cons ! Ce dilemme idiot est le nœud gordien des Haïtiens. Voilà plus de trente ans que j'essaye, sinon de le trancher, au moins de le jeter aux oubliettes de ma vie.

131

Le destin l'aurait fait dans un coin de mon mouchoir...

– A vous écouter, il y aurait un lien de cause à
effet entre le décès de la jeune femme et le déclin de
votre petite cité. Est-ce que je me trompe?

– Vous avez mis dans le mille! Sous le coup des
événements de 38, la liaison entre causes et effets,
elle-même, a cessé de fonctionner à Jacmel. La
filiation naturelle entre le réel et le merveilleux a été
interrompue par la disparition d'Hadriana Siloé. Dès
lors, tout lien causal, même imaginaire, pouvait, quant
à ses conséquences, se révéler aussi réel que le cyclone
Inès, l'un des plus dévastateurs qu'ait connus Jacmel.
Mais revenons à Hadriana Siloé, où en étions-nous?

– Au petit matin de son retour à la vie.

– L'avant-jour de la cérémonie de zombification
au cimetière, plus forte que ses ravisseurs, elle serait
parvenue à leur fausser compagnie, sous une pluie
diluvienne. Elle serait allée frapper à de nombreuses
portes, en commençant par celles du manoir. Personne ne lui aurait ouvert. Ses poursuivants ont eu le
temps de la rattraper et de l'emmener en captivité.

– La pluie aurait empêché d'entendre ses appels
au secours. Je ne vois pas des parents français rester
sourds aux cris de leur fille, même si elle leur revenait
d'entre les morts!

– Les Siloé dormaient au deuxième étage du
manoir, dans la chambre la plus éloignée du rez-
de-chaussée. Probablement la tempête ne leur a pas
permis d'entendre. Partout ailleurs les gens étaient
couchés pas loin des entrées. Tenez, pour ne rien vous
cacher, chez nous également, les poings d'Hadriana

ont cogné contre le bois de la porte. Ma mère, mon oncle Ferdinand et sa femme, les domestiques, moi qui vous parle, nous avons été réveillés en sursaut. Nous sommes restés recroquevillés dans les draps. Il nous était tellement plus commode de confondre les coups désespérés avec le bruit des rafales de pluie! Comme tant d'autres familles, tout à notre croyance dans le pouvoir des sorciers et à la frousse viscérale qui l'accompagnait, nous avons été incapables de bouger le petit doigt pour sauver notre amie. Les catholiques ont soutenu que Jacmel avait exposé Hadriana au pire, en décidant, le soir de sa mort, malgré la mise en garde du curé et du vicaire de la paroisse, de veiller son corps au milieu des débordements d'un carnaval vaudou. Non, la bacchanale et les masques n'y étaient pour rien. Chrétiens et païens, nous avons tous livré Hadriana à ses zombificateurs, pour une autre raison.

– Laquelle?

– L'efficacité de la magie (je l'ai appris de Lévi-Strauss) est un phénomène de consensus social. Celui-ci a joué aux dépens d'Hadriana Siloé. Quand tout un village, conformément à ses traditions, est convaincu qu'un être humain peut devenir un mort-vivant sous le double effet d'une substance toxique et d'un acte de haute sorcellerie, il ne faut pas s'attendre, en pareil cas, que l'entourage de la victime se porte à son secours. Cette nuit-là, au fond de chaque conscience, à Jacmel, le souci de tous était d'éloigner la jeune mariée changée en zombie, de la rabattre brutalement sur son inéluctable destin, comme un danger pour l'ensemble du corps social jacmélien. C'est ce qui s'est passé.

5

PROLÉGOMÈNES À UN ESSAI
SANS LENDEMAIN

> *La théorie est grise, vert est*
> *l'arbre de la vie.*
>
> Goethe

L'après-midi de l'interview imaginaire au jardin du Luxembourg, en rentrant à l'hôtel Ségur où je séjournais alors, je pris la résolution de retourner en souvenir aux événements de 1938 et à leurs conséquences funestes sur les travaux et les jours de Jacmel. Ce n'était pas la première fois que je me promettais – plus ou moins énergiquement – de consacrer un livre à ce sujet. Ma première idée était de parler d'Hadriana à la faveur d'un essai sur la place et le rôle du phénomène zombie dans la dérive de Jacmel. Mon pays natal ne serait-il pas un zombie collectif? Depuis l'exposé général que m'en avait fait mon oncle Ferdinand, à chaud pour ainsi dire, le soir même qui suivit l' « évaporation » d'Hadriana, mes enquêtes auprès de mes concitadins, comme mes lectures et mes recherches à l'étranger, n'avaient rien ajouté d'essentiel à ma connaissance de la condition zombie. Un mystère en cachait cent autres...

Dans chaque ouvrage consacré au vaudou, on avait

134

obligatoirement un chapitre touchant la zomberie en Haïti. On y voyait son auteur courir à bout de souffle après un insaisissable fantôme. A une certaine époque, le flux des travaux sur cet aspect de la sorcellerie haïtienne vint à constituer une industrie, universitaire ou non, fort prospère, qui allait du sensationnel le plus échevelé à la recherche académique la plus savante. Je voulais, à égale distance du feuilleton et de la monographie, déposer un témoignage personnel à la fois neuf et argumenté, passionné et ramassé, avec l'espoir, en hommage à ma bien-aimée, d'élever le débat à son plus haut niveau.

Au début des années 60, je commençai à réfléchir sérieusement sur les notes que j'avais accumulées. Mais trop souvent interrompu, délaissé, au gré de mes exils, le manuscrit ne mûrissait pas. Ballotté çà et là dans le monde, je le trimbalais d'un pays à l'autre comme le signe dérisoire de mon échec sur les traces d'Hadriana Siloé. Le soir du 9 avril 1972, je le déballai pour la énième fois depuis douze ans. J'avais la ferme intention de mener mon essai à son terme. J'avais sous les yeux les feuillets où étaient résumées mes hypothèses de travail. Je les avais groupés en neuf propositions sous un titre qui ne convenait pas à un essai : *L'aventure à Jacmel d'un « petit bon ange blanc ».*

Première proposition
(Scène historique universelle)

Le phénomène zombie se situerait au confluent des courants de magie qui, dans différentes cultures de

135

la planète, ont déposé des œufs fantastiques dans les nids des cultes agraires auxquels le vaudou et sa « vauderie » singulière sont apparentés. Le sorcier rural, fabricant de zombies haïtiens, comme son homologue du Moyen Âge ou du début de l'âge baroque, est un dispensateur et du bien et du mal. Il est capable de produire sur commande le wanga * bénéfique qui soigne et guérit, ou bien le wanga maléfique qui persécute et détruit.

Deuxième proposition

Les équipées nocturnes des sectes aux yeux * rouges de notre enfance jacmélienne (à Hadriana et moi) ont leurs antécédents au Frioul italien ou dans la Lituanie du XVIe siècle, chez les Gascons d'Henri IV ou dans les pays alpins de tradition romane ou alémanique. On peut également suivre la trace de leurs prouesses magiques en des sociétés fort éloignées culturellement les unes des autres, dans une aire mondiale qui va des contrées de la Sibérie et de l'Asie centrale aux hautes terres andines d'Amérique; des îles du Pacifique Sud aux territoires nordiques; des communautés du Japon, du Tibet et de la Chine aux sociétés au sud du Sahara; des rives de l'Indus et de l'Euphrate aux confins du Maghreb.

Troisième proposition

Aux sorciers de ces diverses régions du globe on a attribué le pouvoir de métamorphoser leurs adversaires en animaux (loup-garou, papillon, lézard, corneille, rat, bœuf, chat, lion, léopard, etc.), de tuer rituellement les enfants, de « crever » et voire d'engrosser à distance les jeunes filles, et de s'emparer de la force vitale – spirituelle ou physique – d'autrui pour accroître leur influence au sein de la société.

Quatrième proposition
(Scène historique haïtienne)

En Haïti, un sorcier peut prélever la force de lumière et de rêve d'une personne (son petit bon ange), qu'il emprisonne ensuite, comme un minivoilier en osier, dans une bouteille vide de rhum, d'émulsion Scott, de champagne ou de Coca-Cola, en vue de futures manipulations magico-génétiques. Pendant ce temps l'énergie musculaire de la proie (son gros bon ange) devient une sorte d'animal de trait, astreint à coups de fouet aux travaux les plus rudes de la campagne. Un être ainsi dissocié tombe, pieds et poings liés, dans la catégorie d'un bétail humain taillable et corvéable à merci.

Cinquième proposition

Le destin du zombie serait comparable à celui de l'esclave des plantations coloniales de la Saint-Domingue d'autrefois. Son sort correspondrait, à l'échelle mythique, à celui des Africains déportés aux Amériques pour remplacer dans les champs, les mines et les ateliers la main-d'œuvre indienne décimée. Il y aurait lieu, dans cette étude, de vérifier si la notion de zombie est un des pièges de l'histoire coloniale. Les Haïtiens l'auraient profondément intériorisée et intégrée à des usages domestiques. Ce pourrait être un signe de l'imaginaire du tabac, du café, du sucre, du coton, du cacao, des épices; l'une des figures du naufrage ontologique de l'homme dans les plantations américaines, à placer dans la galerie des damnés de la terre que les travaux de Sartre, Memmi, Fanon, Simone de Beauvoir, entre autres, ont constituée avec les portraits du Colonisé (Noir, Arabe, Jaune), sans oublier la Femme et le Juif.

Sixième proposition
(Processus de réduction mythologique
et sémiotique de l'aventure humaine)

En remontant à la source du mythe, il faudrait le passer au crible du processus général, éminemment magique, qui, dans l'histoire des trois derniers siècles, a déguisé génériquement en *Blancs* les Européens de différentes ethnies (Espagnols, Français, Anglais, Portugais, Hollandais, Danois, etc.); en *indiens* d'Amérique les aborigènes « découverts » par Colomb dans l'hémisphère occidental (Arawaks, Tainos, Caraïbes, Siboneys, Mayas, Incas, Aztèques, Quechuas, Guaranis, etc.); en *nègres, métis, mulâtres,* pêle-mêle *hommes de couleur,* les Africains sub-sahariens (Soudanais, Guinéens, Bantous, Congolais, Angolais, etc.). Sous l'effet d'une interversion hallucinatoire de l'ordre des apparences et de l'essence des membres de l'espèce, l'habitude était prise d'introduire un rapport de cause à effet entre la couleur de la peau, la structure du visage, le système pileux des divers groupements humains, et leurs formes singulières d'insertion culturelle dans la nature et dans la société. Du fait de cette *racialisation* des conflits coloniaux, l'essence des ethnies de l'Afrique était réduite en une fantastique *essence inférieure de nègre,* tandis que l'essence des ethnies issues de l'Europe était élevée à une non moins fantastique *essence supérieure de Blanc.* Par cette double réduction mythologique et sémiotique, l'institution de l'esclavage aurait inventé aux Amériques les types sociaux destinés à assurer sa prospérité. Le déguisement des âmes aurait accompagné l'occultation des lieux géographiques : les *Indes occidentales* à défaut de l'Orient fabuleux qui obsédait Colomb; *America* à la place de Colombia (l'étoile de l'amiral espagnol ayant pâli aux côtés de celle d'Amerigo Vespucci). Tout s'était passé comme si les maîtres entreprenants de la colonisation avaient eu besoin, sur le mode « sorcellaire », de mettre des masques à la fois à leur champ d'action et aux protagonistes des traversées triangulaires qui mobilisaient les hommes des trois continents (Europe, Afrique, Amérique).

Septième proposition
(La fausse identité)

Haïti, comme les autres terres américaines « découvertes », serait entrée dans l'histoire moderne affublée d'un jeu de masques (blanc, noir, indien, mulâtre, etc.), c'est-à-dire sous une fausse identité. *Au plus bas de la fosse à réification des hommes, aux confins de la mort et du morcellement des passions, à la queue de la difficulté d'être, il y aurait le temps et l'espace existentiels du zombie.* Sans vie personnelle, sans état civil, immatriculé au cimetière, arraché à la famille, au temple, au jeu, à la danse, au coït, à l'amitié, à la vie; coincé jour et nuit dans les seules composantes physiologiques et physiques de la force de travail, le zombie ajouterait un quatrième épisode aux trois scénarios classiques de l'histoire des nègres : brutes idiotes à courber sur la glèbe; grands enfants à évangéliser; négritudinaires en colère à récupérer à tour de bras. Dans la trame de ce destin ternaire régi par le code général barbare/civilisé, le zombie serait le combustible biologique par excellence, ce qui reste de Caliban après la perte de son identité, sa vie étant littéralement coupée en deux : le gros bon ange de l'effort musculaire condamné aux travaux forcés à perpète; le petit bon ange du savoir et des lumières, de la candeur et du rêve, exilé à jamais dans la première bouteille vide qui tomberait sous la main...

Huitième proposition
(Portrait du zombie)

Voilà les éléments qui serviraient à tracer le portrait de ce sous-nègre, personnalité en pièces détachées, sans souvenirs ni vision du futur, sans besoins ni rêves, sans racines pour porter des fruits ni de bonnes couilles pour bander, objet errant au royaume des ombres, loin du sel et des épices de la liberté. Il y aurait lieu de préciser les traits qui sont communs aux êtres en situation de zombies. On les reconnaîtrait à leurs regards vitreux, à l'intonation nasale de leur parole, à leur air absent, au brouillard qui enveloppe leurs pensées et leurs mots ; à leur façon saccadée de marcher, en regardant droit devant eux, abouliques aux gens, aux animaux, aux choses et aux plantes ; au fait qu'à leur approche tout se dévalorise avant même que leurs mains ne touchent à un bien quelconque de ce monde.

Neuvième et dernière proposition
(Zombitude et dézombification)

En vivant jusqu'au bout sa condition de zombie, à la sortie du tunnel y aurait-il une fraîche lumière d'authenticité et de liberté qui attendrait ce reste d'homme ou de femme ? Tout semblerait indiquer plutôt qu'il n'y a pas de lien de solidarité possible dans le désert sans sel ni tendresse de la zomberie. Il n'y aurait pas d'unité d'intérêts et de passions entre zombies. Ni le mépris ni l'hostilité des autres « races » à leur égard ne seraient capables de forger un lien entre eux. « Joignons nos gros bons anges à une action pour la liberté » : voilà des paroles qu'on n'est pas prêt d'entendre dans la bouche d'un zombie. La zombitude n'est pas pour demain. A gaver de sel marin une bande de zombies, ils ne trouveraient rien de mieux à faire, comme les gars à Ti-Joseph du Colombier, qu'à détaler à toutes jambes vers le premier cimetière venu où ils arracheraient pierres et terre avec les dents et les ongles, pour la suprême satisfaction, aussitôt les hôtes de la poussière, de se liquéfier en charognes puantes!

Corollaire

Pourquoi le zombie – et la zomberie – dans l'imaginaire haïtien? Le mythe d'un sous-nègre serait-il propre uniquement au quart monde de mon pays? A qui et à quoi sert-il de bouc émissaire? Dans une société à très faible coefficient de droit et de liberté, l'insécurité absolue du zombie vaut-elle, sur le plan mythique, l'extrême détresse de la condition humaine qui caractérise la vie dans ma moitié d'île?

Ce soir-là, à la lecture de tout ce jargon pseudo-sartrien, empêtré dans mon tiers-mondisme farfelu et revanchard, je m'arrêtai pile, en proie à une angoisse qui paraissait l'avant-coureur d'un infarctus.
– Que devient Hadriana Siloé dans tout ça?
A défaut de la merveilleuse zombie en chair et en os qui se dérobait depuis plus de trente ans à ma chasse, j'étais en train de gloser de la mythologie du zombie et de couper en quatre ses cheveux métaphysiques les plus ténus. Une seule question méritait une réponse d'homme de tendresse: quel sommeil de la raison, géniteur de monstre et de mort-vivant, a été

capable de changer la chair et le rêve ensoleillés d'un amour d'adolescent en une ombre errante dans le siècle ?

En marge de mon esquisse d'essai, j'écrivis au crayon rouge : « Laisse tomber la mise en forme de ces propositions faussement férues de mythologie et de sociologie de la décolonisation. Pour la deuxième fois en une vie, Hadriana Siloé frappe à ta porte en pleine nuit. Lève-toi et ramène l'être aimé à la maison de son enfance ! »

6

Entre le soir où je me suis donné cet impératif et le moment où j'ai réussi à retracer par le menu l'affaire Siloé, il s'écoula dans ma vie quatre autres stériles années. En 1976, je fus invité à enseigner pendant quelques mois à l'université West Indies, à Kingston (Jamaïque). Le campus où j'habitais occupait l'emplacement d'une ancienne habitation coloniale accrochée à une colline aux confins luxuriants de la banlieue qui portait le doux nom féminin de Mona. A peine installé au bungalow mis à ma disposition, je connus, en m'abîmant dans la contemplation de l'île, un sentiment de plénitude et de bien-être comparables seulement à l'émerveillement que j'avais vécu au temps lointain d'Hadriana. Pour la première fois depuis mon départ de Jacmel, je parvenais à considérer sans souffrance ni désespoir les années d'échec et de culpabilité qui avaient filé en tourbillonnant derrière moi dans les *ailleurs* d'Haïti où m'avait conduit la quête éperdue de la jeune fille. Je cessai de vivre son souvenir comme une expérience de deuil et de nostalgie. Je n'étais plus torturé et blessé à titre personnel des malheurs de mon pays natal ni du manque de tendresse dans le monde.

Lors de mes promenades dans les allées du parc universitaire ou dans les collines riantes et ensoleillées de Kingston, je ne me disais plus, stupidement, à chaque quart d'heure : « En tournant à droite, après avoir franchi cinquante mètres, tu tomberas sur Hadriana Siloé », comme cela m'était maintes fois arrivé dans les rues du monde, de Rio à Paris, de Prague à Hanoi, de Tanger à Dar es-Salaam, de New York à Kyôto, de La Havane à Valparaiso. J'avais la chance de dispenser un cours d'*Esthétique du réel merveilleux américain* à des jeunes gens débordants d'imagination et d'humour, pétillants d'intelligence joviale et libertaire, de probité et de fraîcheur d'esprit, sans aucun jeu de tiroirs téléguidé par quelque raison d'État dans leur conscience individuelle.

Les temps précédents, sous un ciel moins hospitalier, je m'étais trouvé coincé dans une sorte de « hamac à zombie », entouré de faux collègues et amis, titulaire d'une fausse chaire d'université, sous les yeux « programmés » de faux étudiants. Mes classes, alors, me laissaient rompu, exaspéré, le souffle court, l'esprit et le corps saignés à blanc par le socialisme ambiant.

A West Indies (Mona), je vis se réveiller en moi des silos de joie et d'espoir. Les belles étudiantes – noires, blondes, métisses, griffonnes-créoles * – buvaient mes paroles en laissant leur langue également rose errer sensuellement sur leurs lèvres humides. Elles croisaient haut leurs jambes en livrant à ma convoitise de célibataire frustré à mort des rondeurs charnues prêtes aux plus savoureux labours. A la fin de la classe, parmi les rires et les gloussements joyeux, un essaim de jeunes filles, chaudes et tendres, se pressaient autour de mon estrade, resserrant ardemment leur douce étreinte de femelles, avec toutes sortes d'observations brillantes sur le rôle du merveilleux et de la beauté dans la formation des cultures de la Caraïbe. Mes cours me permirent d'arracher la vieille angoisse de l'adolescence qui collait à ma peau et d'intégrer les souvenirs douloureux de Jacmel à ma personnalité d'adulte. A chaque classe j'avais l'impression de gagner des forces vierges pour la libre création. Je rentrais au bungalow également frais et dispos pour le jogging, le tennis ou la natation avec une sensation d'amour physique assouvi et de radieuse victoire sur la solitude.

Un petit matin, en me mettant à ma table de travail je m'aperçus avec éblouissement que j'étais en mesure, sans l'habituel sentiment de détresse, d'établir à l'aide des mots français des rapports naturels, ludiques, sensuels et magiques, avec l'atroce passé jacmélien. Moi qui jusque-là n'avais composé que de pitoyables pastiches de vers d'autrui, j'écrivis dans un souffle un long poème dont l'une des strophes devait se révéler tout à fait prémonitoire de ce qui allait arriver quelques mois après :

> Une fois, bien des années
> avant la mort de mon corps,
> j'étais mort dans mon esprit,
> j'étais allongé raide mort
> dans mes rêves à la dérive
> comme des voiles de mariée
> en spirales dans le vent,
> j'étais mort dans tous mes sens,
> soudain une de nos îles me rendit
> à la folie à l'échelle d'une femme,

le temps d'Hadriana Siloé,
le miroir qui prend racine
dans un soleil coupé en amande.

Ce matin-là, le grand miroir de la poésie à la main, je passai de l'autre côté des choses de Jacmel. La *flammentod* (embrasement) de l'adolescence retrouvée mit en branle dans mon souvenir les mouvements de cette chronique. J'en écrivis d'un seul jet les trente premières pages. J'avais le trou de la serrure par où je pouvais enfin reconstituer les dramatiques événements de 1938. Mais en ces jours d'intense création, pas un moment ne me vint à l'esprit que mon voyage dans les mots me conduirait sur la piste réelle de la fausse mort qui, à travers mille détours sur la terre, avait, quarante ans durant, remorqué l'épave de ma vie. Le vendredi 11 mai 1977, à six heures du soir, à l'université West Indies, à Mona, j'étais à la fin de ma classe d'esthétique quand Hadriana Siloé fit sans bruit son entrée dans l'amphithéâtre, par l'une des portes du fond. Je reconnus aussitôt ses yeux gris-vert, nets, découpés en amande autour du même regard solaire et souriant de jadis. L'ovale du visage, le fruit de la bouche, le miel des cheveux, l'éclat de la chair avaient pris avec la force de l'âge une maturité tout aussi irrésistible que les attraits qui faisaient autrefois leur juvénile pouvoir de fascination. Ce que je ressentis à l'apparition d'Hadriana Siloé dans ma classe ne peut se comparer à rien de ce que j'ai éprouvé dans ma vie. Je frémissais de la tête aux pieds dans un ravissement quasi religieux, une ivresse sensuelle de tout l'être, le sang, les lèvres et l'imagination prenant soudain feu, bouillonnant dans mes propos sur la façon propre aux écrivains de la Caraïbe de percevoir et d'exprimer le merveilleux quotidien dans leurs œuvres. Mes élèves, ébahis, crurent un instant que je m'abandonnais à un état de transport pour mieux leur faire saisir l'essence du merveilleux et du beau dans nos littératures.

– J'espère pouvoir bientôt vous convaincre, m'exclamai-je, exalté, frémissant, qu'il existe, peut-être à ce carrefour des cultures plus que partout ailleurs, une « métaphysique des êtres et des lieux » qui obéit à la logique étrange du rêve. L'autre soir, quand je vous ai parlé du récit que j'avais terminé la veille, j'ai eu à vous dire que son épicentre onirique est le manoir où vécut une femme qui, « plus belle que le monde où nous vivons », n'a pas cessé, depuis l'adolescence, d'incarner à mes yeux les secrets de l'éternelle beauté. Je vous ai raconté l'histoire d'Hadriana Siloé sans pouvoir vous donner des nouvelles fraîches de sa vie ou de sa mort. Je vous ai fait partager avec moi le fascinant espoir de l'entendre un jour, avec ses propres mots, dénouer le mystère de son « évaporation » au soleil du 31 janvier 1938. Hosanna! Notre rêve est comblé. Hadriana Siloé est parmi nous! Sa beauté rayonne au fond de cette salle!

La classe lui fit avec moi un tonnerre d'acclamations. Plusieurs garçons et filles la portèrent en triomphe jusqu'à mon estrade qu'elle inonda de son soleil. Nous avions tous des larmes aux yeux. On décida sur-le-champ d'improviser le soir même une fête en son honneur. Elle nous offrit l'hospitalité de sa maison, tout en haut de Kingston, dans les Montagnes bleues. Ce fut un jeu pour mes élèves de joindre au téléphone leurs nombreux amis et un groupe de musiciens prêts à animer la soirée avec les rythmes de Bob Marley. On se sépara dans une explosion de gaieté, après nous être donné rendez-vous chez Hadriana, à partir de neuf heures.

Les étudiants partis, on se retrouva seuls, face à face, elle et moi, dans le prodige de nos retrouvailles. Sans prononcer une parole, on sortit de la salle de cours, en se tenant par la main. Un fond harmonieux de cigales et d'étoiles nous accueillit dans le soir tiède du campus. Dans les allées bien éclairées qui menaient au bungalow, on avança en silence. Nous avions trop de choses à nous dire. On ne savait par où commencer. Des vers d'amour traversaient mon émotion en cinglants coups de phare. La peur du ridicule fouaillait mes tripes avec autant de force. Les grands arbres tropicaux du parc défilaient dans mon vertige comme les rayons mêmes de la roue du destin qui guidait nos pas chancelants. Je me jetai à l'eau, les yeux fermés :

> *Tu es venue le feu s'est alors ranimé*
> *L'ombre a cédé le froid d'en bas s'est étoilé*
> *Et la terre s'est recouverte de ta chair claire* [1].

— Patrick, ne me dis pas que j'ai mal entendu.
— L'espoir est revenu de la fumée...
— ... et de la poussière, dit-elle. Ne me dis pas que c'est un rêve.

---

1. « La mort l'amour la vie », in Paul Eluard, *Le Phénix*, Seghers, 1954.

Nos mains cessèrent de trembler. On se retourna l'un vers l'autre, ouvrant l'écluse des années au flot de nos caresses. Aujourd'hui, Hadriana et moi, nous serions bien incapables de dire comment on parvint à franchir les cent mètres de gazon qui nous séparaient du bungalow. Nos baisers, spontanément sauvages et affamés, nous élevèrent peut-être une sorte de garde-fou sur la pente qui conduisait à pic jusqu'à mon lit. Dès la première fois, ce fut bon, étourdissant, savoureux, à la folie. Après l'inoubliable noce dansante que nous offrit la jeunesse de Kingston, on vit le samedi 12 mai 1977 se lever avec nos orgasmes dans un jour aussi bleu que les montagnes qui depuis abritent notre passion. A notre réveil dans l'après-midi, je lui fis lire le récit de ce que je savais de son prodigieux passé. Elle ouvrit le tiroir d'un secrétaire et me mit dans les mains la chronique de son aventure de zombie comme elle l'avait vécue du samedi 29 au lundi 31 janvier 1938.

Troisième mouvement

CHAPITRE SIXIÈME

LE RÉCIT D'HADRIANA

Tu marches vers une mort illustre sans être tachée par la maladie ni par l'épée.

Sophocle
(Chœur d'*Antigone*)

1

Je suis morte le soir du plus beau jour de ma vie : je suis morte le soir de mes noces à l'église Saint-Philippe-et-Saint-Jacques. Tout le monde a cru que j'ai été foudroyée par le *Oui* sacramentel jailli de mes tripes. On a dit que j'ai été emportée par le feu de mon consentement tant il était puissant et vrai. J'aurais été frappée par ma propre foudre d'épousée.

A vrai dire, ma mort apparente a commencé une demi-heure avant mon cri. Dans la minute qui a précédé le départ du cortège de la maison. J'étais tout à fait prête à partir. J'ai jeté un dernier coup d'œil sur le miroir du salon : « En avant, Hadriana ! » a dit une voix en moi, côté golfe. Dans ma vie de jeune fille heureuse, il y avait alors trois saisons : côtés jardin, cour, mer Caraïbe. Il faisait très chaud partout. Au bas de l'escalier, au milieu du pépiement affectueux de mes demoiselles d'honneur, j'ai avoué tout haut ma soif : « Je boirais bien un verre d'eau glacée. » Mélissa Kraft s'est offerte aussitôt pour aller me le chercher. Je ne lui ai pas laissé le temps. Dans ma toilette de noces, je me suis élancée vers l'office, comme je le faisais depuis l'enfance de n'importe quel point du manoir. J'ai couru plus vite que mes amies. Quelqu'un aurait-il prévu ma soif de la dernière minute ? Bien en vue sur le dressoir en chêne, une carafe de limonade

155

frappée m'attendait. Je m'en suis versé une pleine timbale, une deuxième, une troisième bue tout d'un trait jusqu'à plus soif. Dans la cuisson nuptiale, c'était une ivresse l'eau fraîche au citron. Depuis des jours, mes faits et gestes les plus humbles me grisaient autant que mon mariage lui-même. L'émotion de chaque instant me devenait un transport!

A la sortie de la rue d'Orléans, une joyeuse clameur était montée de la place :

– Vive la mariée! Vive Nana!

C'était bien l'état général d'allégresse dont on avait tant parlé à Jacmel, les jours précédents : sur mon passage pleuvaient des confettis, serpentins, fleurs d'oranger, mêlés aux applaudissements et aux cris d'admiration. La joie de quelques jeunes filles fondait en larmes! Côté jardin en moi quelque chose avait aussi envie de pleurer. Le rire lui barrait la route dans mes yeux, ma bouche, toute ma peau ravie. J'avançais, ensoleillée, extasiée, au bras de mon chevalier-parrain de père. Dans la rue de l'Église, au balcon des Sorel, un petit garçon a crié :

– Un baiser pour toi, Nana!

J'aurais voulu le lui rendre. Il était trop tard : j'étais en train de mourir. Ça faisait un instant qu'un malaise effarant s'était abattu sur moi. J'étais parcourue d'une sensation aiguë de fourmillement comme si on me piquait à l'aiguille des pieds à la tête. L'air me manquait. J'étouffais sous le voile. Mon père, à mes côtés, ne s'en rendait pas compte. Droit, éclatant de fierté dans son spencer, il m'aidait à répondre aux vivats. Personne n'a vu qu'André Siloé conduisait sa fille mourante à l'autel. Au parvis de l'église, j'ai retrouvé mon fiancé Hector au bras de Mam Diani, la mère de mon ami Patrick. Hector me découvrait en tenue de mariée : la joie de pouvoir me l'enlever bientôt l'aveuglait. Il n'a pas vu que la mort avait devancé ses mains d'époux sous ma robe bruissante de rêves.

2

A mes premiers pas dans l'église, j'ai cru que mes jambes me trahiraient avant l'arrivée à l'autel. Sons, couleurs, lumières, odeurs formaient pour mes cinq sens à la dérive un magma d'impressions confondues. Je ne distinguais pas un point d'orgue d'une lueur de bougie, mon propre nom du vert des oriflammes, l'arôme de l'encens de l'âcre saveur qui brûlait mes papilles olfactives et gustatives. J'avançais à tâtons dans une sorte de goudron effervescent. Je me suis retrouvée à genoux dans un large puits : je rassemblais et concentrais ce qui me restait de vie autour du seul sens de l'ouïe. J'ai l'illusion de nager désespérément dans une eau visqueuse, bitumeuse, vers un objectif absolument fantastique : mon fiancé Hector Danoze a été changé à ma droite en trois lettres géantes d'un *Oui* à la chair informe et phosphorescente. Ma nage éperdue visait à atteindre cette cible qui tantôt se rapprochait, tantôt s'éloignait en se liquéfiant, emportant dans son courant de lave, outre Hector, les officiants, l'autel, les cantiques, les ornements, les assistants, le ciel au-delà de l'abside. Ce son-lumière-corps-empyreumatique, lors d'un reflux, s'est brusquement précipité sur moi. Il s'est logé dans mon sexe même. Et mon sexe, identifié à un dernier soupir, halluciné, affirmatif, s'est mis à grimper lentement en moi comme une colonne de mercure dans un baromètre. J'ai senti son mouvement ascendant dans mes entrailles, ensuite dans mon appareil digestif. Il laissait un vide étrange derrière lui. Il a fait escale quelques secondes à la hauteur de mon cœur qui battait à peine. Allait-il prendre son relais? Je l'ai senti remonter vers ma gorge. Il a failli m'étrangler avant de peser de son poids brûlant sur ma langue. De toute ma bouche à quatre lèvres j'ai hurlé le *Oui* final de la vie à mon Hector et au monde!

— Hadriana Siloé est morte! a retenti la voix du docteur Sorapal au-dessus de mon corps inerte.

J'ai entendu un fracas de chaises et de bancs renversés, un boucan de mots créoles, un tourbillon de clameurs d'affolement. Dans ce hourvari j'ai reconnu la soprano sensuelle et dramatique de Lolita Philisbourg. J'ai eu l'impression qu'on déchirait du tissu partout dans l'église. Après la chute d'un objet à mes côtés, quelqu'un a crié:

— Hector est mort à son tour!

Il m'aurait suivie dans la poussière. La voix du père Naélo m'a tirée de mon premier rêve à l'intérieur de mon rêve:

— Hadriana Siloé nous est enlevée à l'instant de ses noces. Le scandale a lieu dans la maison de son Père!

Des bras m'ont soulevée du sol de l'église. A qui pourraient-ils appartenir? J'aurais reconnu immédiatement ceux de mon père, d'Hector ou de Patrick. L'homme a du mal à fendre la foule des assistants. Mes pieds ballants heurtent des corps au passage. Une main a saisi mon pied droit. Elle l'a tenu longuement

159

sous son étreinte. J'ai senti l'air frais du soir malgré le masque soudé à mon visage. Les cloches ont carillonné à toute volée parmi des vivats et des applaudissements, comme au départ. Mon porteur a pris le pas de course. Des tas de gens couraient bruyamment à nos côtés. Je ne pouvais pas voir encore. De tous mes sens seule l'ouïe parvenait à percevoir. Une voix de femme a crié :

— Vive les mariés !

Le carnaval a commencé aussitôt sur la place. Je me suis aperçue que j'arrivais à sourire, et même à rire au-dedans de mon malheur. J'ai eu mon premier fou rire de la nuit : on dansait une rabordaille autour de moi tandis que tambours et vaccines se déchaînaient. Il m'a semblé que l'homme qui m'emportait dansait aussi. Mes membres figés étaient incapables de l'accompagner. Quand l'inconnu a franchi le seuil du manoir, mon odorat est revenu sur le coup : c'était l'odeur du parquet ciré de mon enfance. L'homme m'a déposée avec précaution sur l'un des tapis du salon.

4

Il y eut un branle-bas fou autour de moi, ponctué par intermittences de sanglots et d'exclamations. Les brusques paroles de mes amies exprimaient la douleur et la surprise; celles de mes amis masculins l'admiration et la colère. A un moment donné j'ai senti qu'on se penchait sur moi. Une main m'a pris le poignet; une autre a promené sans doute un stéthoscope sur ma poitrine. Ces personnes ont échangé quelques mots. A leur voix j'ai identifié les docteurs Sorapal et Braget. J'ai eu de nouveau envie de rire. Le jeune docteur Braget, depuis son retour de Paris, me disait chaque fois qu'on se rencontrait « Quand les Siloé vont-ils changer de médecin de famille ? J'aimerais tant veiller sur la santé de leur fille! » Maintenant, la main dans mon corsage, il me palpait les seins. Saura-t-il qu'ils sont bien en vie? Mon espoir n'a pas duré longtemps. Il a posé un objet sur ma bouche.

— Négatif, il a murmuré à son vieux collègue.

— Le pouls est complètement imperceptible, a dit le docteur Sorapal.

— Les seins sont encore tièdes. Fruits frais et superbes! On les dirait vivants!

— L'étoile qui meurt brille longtemps après, mon cher! Regardez les yeux.

Le docteur Braget a écarté mes paupières. Je l'ai

vu : son regard ardent de chat marron, embué de larmes, ne m'a pas vue!

— Aucun réflexe oculaire, il a dit.

— Il nous reste à préparer le permis d'inhumer. Le constat est formel : rigidité des membres, disparition de tout réflexe respiratoire et oculaire, pouls inexistant, température du corps en baisse. Infarctus du myocarde.

— Le fils de pute! a dit le docteur Braget.

— Oui, salaud d'infarctus!

Ils ont injurié la mort au lieu d'approfondir leur examen. J'ai concentré mes sens dans ma vue : il y aura peut-être une lueur, l'espace d'un cillement. En me passant les doigts dans les cheveux, le docteur Braget avait le visage ruisselant de larmes. Le docteur Sorapal n'arrêtait pas de se mordre la lèvre inférieure.

— Le soir le plus triste de ma longue vie, il a dit.

— C'est mon Waterloo, a dit l'autre, le don Juan.

5

Le coin du salon où j'étais allongée était faible-
ment éclairé. Maman est venue me recouvrir d'un
drap. Au moment de me couvrir la tête, elle s'est
ravisée. Elle m'a caressé le visage tout en pleurant.
Mon père l'a rejointe. Il s'est agenouillé à mes côtés.
J'avais pitié d'eux et de nous trois. J'avais envie de
pleurer sans y parvenir. On a dû les emmener. Patrick
a pris leur place. Il a saisi mes deux mains dans les
siennes. Il a planté ses yeux dans les miens. Il n'a pas
arrêté de balbutier mon petit nom avec une tendresse
infinie. A son tour il est reparti en sanglotant.

On a tout changé de place au salon. Le miroir
enfariné juste au-dessus de moi a l'air d'un pierrot
hilare sous son masque blanc. A l'autre bout du salon
m'est parvenue la voix de Madame Losange (polygone
à angles ronds et à plus de quatre côtés, Hector dixit).
Elle a intimé l'ordre à mes amies d'intervertir leur
linge intime. Les jumelles Philisbourg, Mélissa Kraft,
Olga Ximilien ont été les premières à s'exécuter.
Ensuite elle a dit tout haut que ma mort n'était pas
naturelle. Elle a raconté l'histoire du papillon Balthazar Granchiré. J'étais projetée dans un conte d'autrefois, pareil à ceux que Félicie, la vieille servante, me
« tirait » avant mon sommeil de petite fille. C'était le
conte de mon dernier sommeil. Klariklé Philisbourg

m'avait parlé d'un papillon dépuceleur en diable. Ma marraine l'aurait pris comme amant dans les mois qui ont précédé sa mort. Mon tour n'allait pas tarder à arriver. Cela nous avait beaucoup fait rire, Hector et moi. Jacmel n'était pas magique pour rien. Il a été ensuite question de l'endroit où il convenait d'exposer mon corps pour la veillée. L'oncle de Patrick, sacré oncle Féfé, a proposé l'allée des Amoureux! Maître Homaire a dit que j'appartenais à l'ordre des étoiles. Il a ajouté quelque chose sur les oiseaux. Un instant plus tard Madame Losange était remontée à l'assaut : elle a parlé de la nécessité de me déflorer. Je savais par Félicie que c'était l'usage dans les campagnes quand on craignait qu'un sorcier « embouteille le petit bon ange d'une jeune fille vierge ». Il y a eu une sorte de débat au sujet de la personne appelée à me dépuceler. Madame Losange a écarté le tour de main de Lolita, étant celui d'une jumelle. Quelqu'un a proposé de confier la mission à un innocent : « Pourquoi pas Patrick Altamont », qu'il a dit. Mon Patrick, j'aurais aimé le voir! Mam Diani a volé à son secours : « Nana et mon fils ont été tenus par la même femme sur les mêmes fonts. Ils sont comme qui dirait frère et sœur. » Patrick aurait pu m'ouvrir. C'était l'été d'avant ma rencontre avec Hector. A Meyer *, ce soir-là, on s'était éloignés des autres dans le sentier qui dégringolait jusqu'à la plage. J'étais à lui. Allait-il entrer en moi? Sa main a tremblé sur mon sexe. On était descendus en courant sous la lune trop câline au-dessus de la mer déserte. Il était libre d'approfondir l'eau mystérieuse de ma chair. Il m'a effleurée délicatement, en adolescent émerveillé qui n'en pouvait croire sa grande main éblouie à plat sur mon amande! Il en avait aussi : pas un quiqui-joli ni un zizi-pan-pan tout mignon, plutôt un fier midi à sa pendule d'homme pour une merveilleuse traversée de nuit. On s'était contentés de regarder en silence la mer Caraïbe!

6

J'ai vu deux hommes en soutanes noires s'incliner au-dessus de moi avant de se diriger vers la zone bien éclairée du salon : c'étaient les pères Naélo et Maxitel. A leur arrivée plusieurs personnes, jusque-là dispersées, ont rapproché leurs fauteuils du canapé où étaient mes parents. Ensuite il y eut une longue concertation à voix basse. Ils prenaient des dispositions pour ma veillée et mon enterrement. La maison bourdonnait de toutes sortes de bruits : des pas dans l'escalier, un va-et-vient incessant dans le couloir du rez-de-chaussée et du premier étage. Les rumeurs du carnaval parvenaient assourdies, les fenêtres de la rue d'Orléans avaient été fermées. Au salon le chuchotement m'a paru interminable. Plus personne n'est venu me voir. Ennuyée à mort, si on pouvait dire, je m'étais endormie profondément à l'intérieur de mon dernier sommeil. J'ai fait le rêve suivant : j'étais un puissant cerf-volant, bleu, blanc, rouge, aux couleurs de ma patrie. J'ai une longue queue à nœuds : une lanière en toile armée de vieilles lames de rasoir et de tessons de bouteille. Je suis pareille aux capes * multicolores des compétitions animées que les jeunes gens de Jacmel organisaient sur la plage. Dans les années 30, chaque dimanche, au retour de la grand-messe, le spectacle de couler-capes * m'attendait au-dessous de notre balcon, à moins de deux cents mètres à vol d'oiseau. Certains jours, plus de cinquante garçons et adultes, face au vent du golfe, tiraient hardiment leur engin en papier fort ou en tissu léger. On a tendu ma chair sur une égale carcasse en bambou. Ce matin-là, nous étions seulement quatre cerfs-volants à laisser nos couleurs en découdre à une centaine de mètres au-dessus des lames superbes de la rade. Hector, mon pilote au sol, tenait bien en main ma corde : tantôt il me faisait amorcer une brusque descente, tantôt il m'aidait à m'élever encore plus haut, avec des feintes à droite et à gauche, pour couper par surprise la ficelle de mes adversaires avec les petits rectangles d'acier et de verre coupant fixés à ma queue. J'étais grisée de mon vol en plein soleil! Je m'enivrais à foncer comme une aigle, cheveux au vent, toutes serres dehors, sur la proie la plus proche. Il m'a fallu peu de temps pour abattre deux redoutables capes ennemies. Il restait en face de moi un grand cerf-volant en toile bleue et rouge. Dans mon rêve j'ai compris que c'était un tournoi aérien entre la France et Haïti : bleu, blanc, rouge, contre bleu et rouge. Qu'allait faire mon Haïtien de fiancé qui guidait le moindre de mes mouvements? Mon rêve tournait au cauchemar quand l'écoufle que j'étais s'est changé en un petit avion. Je me suis trouvée soudain au balcon du manoir tandis qu'Hector tenait le manche à balai du monoplace. J'agitais un mouchoir, je lui envoyais des baisers. Avant de s'éloigner il a tracé à la fumée rose mon prénom dans l'azur du golfe. Cette vision de bonheur m'a réveillée. J'avais connu Hector dans des circonstances à peu près analogues : deux jours après avoir reçu son diplôme de pilote à Port-au-Prince (l'un des trois premiers pilotes formés dans le pays par des aviateurs américains), un samedi matin, il était arrivé de la mer, comme une flèche face au manoir, un véritable coq du ciel. Attirée par le vrombissement du petit appareil, je m'étais précipitée au balcon pour lire : « Hadriana, je t'aime! » Après son atterrissage, il m'a appelée de la capitale. On a parlé au téléphone deux heures durant; le lendemain autant, chaque jour, jusqu'à son retour à Jacmel, le week-end suivant. On ne s'était pas quittés pendant quarante-huit heures : cavalcade tôt le matin jusqu'à la plage de Raymond-les-Bains, nage folle dans la matinée, tennis l'après-midi, danse le soir, suivie d'une promenade sur la plage avant la halte exquise de minuit dans le jardin. Dès le premier soir, lui aussi, il aurait pu librement m'ouvrir, même que je m'étais mise à considérer ma grande amande vierge comme la boîte aux rêves d'Hector. Il rêvait d'un acte d'amour béni à l'église du père Naélo. Il était à l'hôpital en état de choc et moi emmurée dans ma fausse mort. J'étais punie par le destin pour un péché que je n'avais pas commis. Hadriana knock-out, battue à mort par K.-O., restée à terre dans l'église de ses noces plus de dix secondes, mise hors du combat merveilleux de la lune de miel, hors de l'œuvre-de-chair-au-mariage-seulement, comme Hector le souhaitait. Honteux de sa bande apostolique d'aviateur, il avait posé une petite main en pleine frousse de péché mortel, non de pur émerveillement comme avant lui mon adolescent adoré. Hector, lui, avait eu peur de souiller la chair blonde de la fée française, fille créole d'un prince des maths et du tabac. Je l'avais ma lune de goudron sur le

168

parquet à odeur d'enfance et de zombie, à quelques heures de mon enterrement et de mon sacre de mort-vivant. Une fantastique lame de détresse m'a submergée et je me suis évanouie la tête la première dans mon évanouissement!

7

A ma reprise de connaissance je me suis retrouvée sur la place, étendue entre des cierges dans l'allée des Amoureux, à la hauteur de ma chambre de jeune fille. J'avais bizarrement l'impression d'être en même temps penchée à la fenêtre, en train d'observer ce que faisait tout ce monde masqué autour d'un catafalque sous les fromagers cliquetant d'oiseaux épouvantés. J'ai disparu de l'encadrement de la fenêtre du second pour réapparaître nue à un étage au-dessous. Par intervalles, au cours de la nuit, plusieurs fois de suite, je me suis livrée à ce jeu de dédoublement qui allait de l'enfance à la mort, de la petite fille face à la place de ses tours en vélo à l'adolescente en promenade avec les sœurs Kraft. Mon évanouissement m'a fait perdre la chance de la toilette mortuaire : j'avais l'espoir que la personne chargée de me préparer au pire, au toucher de ma chair finirait par découvrir le pot aux roses de ma mort bidon. J'avais encore ma robe de mariée, les voiles et tout. De toute manière j'étais allée au bout du sacrement de mariage avec mon formidable *Oui* de femelle affamée. Ma perception s'était améliorée depuis le K.-O. de l'église. J'entendais à peu près tout. Par intermittence j'arrivais à voir; ma vue venait et repartait. Je sentais la douceur fraîche des tissus vaporeux. J'ai à la tête la couronne de fleurs d'oran-

170

ger; j'ai la coupole stellaire scintillante de la nuit portée de la main. L'espace rutilant d'astres a l'air de vouloir faire corps avec moi. La lune reviendrait avec force dans mes ovaires en rut. Je n'aurais qu'à tendre le bras pour amener une étoile à mon giron, à la place de mon amande éteinte au milieu de l'un des meilleurs soirs étoilés de la vie autour du golfe. Mes bras ne pouvaient plus rien attirer vers moi. Clouée à la croix de ma mort apparente, crucifiée sur un rêve à l'intérieur de mon rêve, je ne pouvais qu'écouter le silence du carnaval à ma gauche épaissir un petit mystère au-dedans du vaste mystère de ce qui arrivait à mon destin. Il y a un nouveau débat à mon sujet. J'étais une pomme de discorde entre les vivants. Cécilia (le général César, la mère à Zaza Ramonet, la grand-mère d'Olivier) voudrait protéger la veillée des excès des loas vaudou. Maître Homaire a fait état de ma rage de vivre. « Elle a de belles jambes pétrifiées dans son caisson capitonné. » Il a dit une chose de vrai : même dans ma bière j'étais plus près d'un tambour de carnaval que d'une cloche sonnant le glas. Maître Homaire a reçu un bon savon du père Maxitel qui l'a accusé de profaner une sainte. Moi, une sainte ? J'ai été capable, mon père, par deux fois avant le « au-mariage-seulement », d'ouvrir ma chair à autrui les yeux fermés : il s'en était fallu d'un cheveu de blonde que Patrick se décidât à passer outre à l'éblouissement de sa grande main d'adolescent sur mon amande pour piquer un plongeon de mâle dans une eau femelle rageusement consentante. Avec Hector, dès le premier soir, ça avait été pareil : la boîte aux rêves avait été prête à livrer son dernier mystère de vierge. Parlez d'une sainte, révérend père, pardonnez-moi, j'ai péché! Une autre fois, par un après-midi trop chaud d'août, la porte du balcon grande ouverte tout contre le ciel au ras du golfe, j'étais nue dans la chambre en compagnie de Lolita Philisbourg. Le charbon noir et mauve de mon sexe de dix-sept ans criait dans la cendre brûlante de ses caresses. J'étais ravie d'avoir dans sa bouche mon amande mieux aoûtée que n'importe quel fruit de la saison, mangue Madan-Francis * ou royal melon de France : c'était merveille, mon père, dans le chant des oiseaux du jardin, ce labour de Lolita dans les semis de mon printemps. C'était merveille de confier à la langue de ma meilleure amie le baubo * créole en feu, la grande foufoune à fleur chaude, afin qu'elle l'élève follement au septième ciel, à travers trois, cinq, et même en ce jour béni des dieux, jusqu'à sept orgasmes successifs. Le docteur Braget a soutenu que la danse banda était une forme de prière. Danseur de banda, il a été incapable toutefois de distinguer des seins bien vivants d'une paire de tétés bons pour la morgue. Le cher Henrik Radsen, le meilleur ami de papa, était allé plus loin : il a célébré la danse des reins et des fesses comme la forme oratoire qui faisait tout le charme d'Haïti aux yeux du Bon Dieu blanc occidental. Le général César a parlé de la deuxième mort qui m'attendait sous le rut bestial d'un Baron-Samedi. Et si les loas haïtiens choisissaient leurs amantes parmi les zombies? Si un certain papillon S.S. nazi, érotomane de choc, fusil à répétition bien chargé, était déjà à l'affût au cimetière, dans l'attente de l'assaut à la ligne Maginot des Siloé? Il y eut à mon oreille la

172

parole de la fidèle Mam Diani : elle m'avait vu « passer de trois pommes à la grande beauté ». Elle a rappelé ma confidence : s'il m'arrivait de mourir en pleine jeunesse, il faudrait à ma veillée, au lieu des prières et des larmes, un carnaval de cinq cents diables. Je les ai eus, mes diables, j'ai eu à ma veillée l'épiphanie de leurs cinq cents « Couilles enchantées » !

8

J'ai dû piquer encore un somme. J'ai été réveillée en sursaut par des coups de clairon, une diane d'enfer à l'autre bout de la place, étouffée peu après par les tambours radas. Je ne pouvais pas voir les gens danser. A la cadence de leurs pas j'imaginais le jeu des genoux, des hanches et des épaules. Il y eut un casser-tambour : en hommage à ma mort la foule a joué au cadavre-collectif *. Ensuite un militaire s'est approché de mon catafalque. Il a éclairé mon visage avec un flambeau. C'était le commandant Armantus, le chef du bataillon de gendarmerie. Il avait l'air de m'écouter comme si j'étais en train de lui confier quelque chose de grave. Son visage a pris rapidement une expression de frayeur comme s'il découvrait un monstre horrible à ma place. Il avait les yeux hors de la tête. Il n'a pas pu terminer le salut militaire qu'il a voulu faire. Il a poussé un hurlement de bête traquée. J'ai eu un tel frisson que j'ai cru que mon sang qui circulait par à-coups allait retrouver son rythme naturel. J'ai entendu une sonnerie aux morts. J'étais tombée au champ d'honneur. Après le départ précipité des gendarmes, il y a eu autour de moi un vide étrange, un silence de mort. A mes oreilles parvenait seulement le friselis soyeux des cierges qui brûlaient. Soudain les grognements stridents d'une truie au supplice! Trop, c'était trop : j'ai été saisie de violentes convulsions internes. Tous mes os vibraient à se rompre. J'ai sombré dans un cauchemar à l'intérieur de mon cauchemar. J'étais une âme volée. On a séparé mon petit bon ange de mon gros bon ange. On a enfermé le premier dans une calebasse pour l'emmener à dos de mule dans un pénitencier d'âmes dans la montagne du Haut-Cap-Rouge. Le second, les bras liés derrière le dos, a été poussé à coups de fouet comme un âne, dans une direction opposée. Tout lien a été rompu entre mes deux formes d'être. Après des heures de grimpée, ma monture a franchi un portail en bois massif. Un vieux nègre, encore athlétique, m'a accueillie avec une souriante affabilité :

— Madan Danoze, soyez la bienvenue à la prison de la pensée et du rêve. Votre demeure sera désormais cette maison centrale où s'écoulent en paix les jours de mille petits bons anges enfermés à perpète pour les motifs les plus divers. Ce lieu de détention a été aménagé pour recevoir les âmes embouteillées des chrétiens-vivants condamnés à une peine privative de liberté spirituelle. Le régime cellulaire consiste à mettre en bouteilles l'imaginaire des individus changés en morts-vivants. Les bouteilles que vous allez voir sont des oubliettes en verre, cristal, métal, faïence, cuir, bois, grès!

Mon aimable geôlier m'a conduite dans une galerie souterraine éclairée a giorno par des dizaines de lampes-tempête. Les quatre murs étaient tapissés, du sol au plafond, de casiers à bouteilles. C'était un musée de bouteilles : rondes, carrées, plates, tubulées, clissées, pansues, fessues, elles allaient de la fiole à la

175

dame-jeanne, du boujaron à la fiasque, de l'huilier au vinaigrier, du cruchon à la chopine, du bocal à la calebasse, de la canette à la tourie, de la carafe au flacon gradué, de la gourde à la bonbonne, de la fillette au siphon, du magnum au jéroboam!

— Chacun de ces récipients, m'a dit le gardien, porte une étiquette où est précisé l'ancien état civil de l'âme embouteillée. N'ayez pas peur de vous approcher, madame, les êtres gardés ici sont des papillons inoffensifs. Tenez, je vous énumère au hasard quelques-uns de vos compagnons de réclusion. Dans cet ancien pot de Vicks Vaporub gazouille un petit bon ange capté au berceau, le bébé d'un commerçant levantin. Dans cette cruche médite un spéculateur en denrée. L'hôte de la carafe en cristal de Bohême est un sergent marine-corps *. Ce litre de lait contient le petit bon ange d'un petit cordonnier. La bonbonne que voici renferme l'âme du frère Jules, un instituteur breton. Sa voisine l'âme d'un ex-président de la République. Plus loin, dans la boutanche à liqueur, réfléchit un poète surréaliste; dans ce matras d'alchimiste officie un évêque anglican. Dans le siphon d'eau de seltz est détenu un peintre macici *; dans le kil enveloppé d'osier, un colonel de la Garde d'Haïti. Voici enfin le petit bon ange d'une Mater Dolorosa, après celui du Petit Poucet. Quant à vous, madame, beauté obligeant autant que noblesse, vous serez enfermée dans cet ancien jéroboam de champagne. Il a appartenu à la cave d'un roi norvégien des temps baroques. Votre étiquette a été préparée : petit bon ange de femme-jardin à la française! A défaut de beaux rêves, les petits bons anges ne rêvant pas, vous serez libre, comme un canari en cage, de vous griser de vos trilles, sans la nostalgie de votre gros bon ange qui est placé au service des appétits d'un célèbre Baron-Samedi des montagnes du Nord-Est!

Aussitôt jeté dans le magnum royal, mon petit bon ange s'est réveillé dans mon faux cadavre exposé sur la place au milieu d'un carnaval chauffé à blanc...

9

J'ai découvert Madame Losange en casaque rouge et tricorne de grenadier, avec des lunettes d'aviateur. Elle n'était pas seule à s'affairer autour de la chapelle ardente. Elle dansait, c'était quoi encore ? peut-être un yanvalou-dos-bas avec une jeune fille en voile de mariée. Je ne pouvais voir que le haut de leur buste qui baissait et montait comme une course de chaloupe sur une mer démontée. J'ai vu l'inconnue, Noire d'une extrême beauté, enlever son voile et se diriger nue vers mon cercueil. Elle s'est inclinée. J'ai eu ses deux seins suspendus au-dessus de moi. J'ai eu envie de mordre à leur fête haut remontée : de gros tétés gonflés de vie et de lyrisme, ronds, fermes, en suspens sur mon abîme affamé, j'ai reconnu mes propres mamelons déguisés en seins de négresse au carnaval de mon mariage. L'inconnue s'était servie ensuite de son voile comme d'une serviette de bain pour sécher sur son corps la rosée funèbre de la mort. A ce moment-là le rythme des tambours a changé en piqué dans un nago-grand-coup, appelé à conduire la nuit de veillée à son apogée. J'ai été entourée de gens masqués emportés par une farandole endiablée. L'histoire avait l'air de défiler autour du catafalque. J'ai distingué des personnages historiques, mêlés aux mascarades tradi-tionnelles du carnaval jacmélien. Il y avait des têtes de marquises et de pirates d'autrefois. En mon honneur il y avait des militaires d'ancien régime en compagnie de marines et de moines bénédictins. Grâce aux gravures de mes livres de classe, il m'a été facile d'identifier le général Toussaint Louverture, Simón Bolívar, le roi Christophe, Dessalines, et un Blanc moustachu, trapu, un contemporain que j'avais vu dans *L'Illustration* : c'était Staline en personne, en élégante tenue de tzar. Il tenait ses petits yeux coquins fixés sur moi tout en serrant de près une femme de rêve, Pauline Bonaparte elle-même dans son marbre fascinant. A son regard si enchanté de me voir, il m'est levé dans la tête un espoir insensé : j'étais aussi un des masques du carnaval, j'étais dans le rôle de la Belle au Bois dormant ; ma mort apparente, et tout ce qui s'était passé depuis le début de la soirée, étaient des épisodes convenus de la dormition célébrée dans les contes. Au petit matin, je serai de nouveau Hadriana Siloé, de même que Pauline Bonaparte retrouvera sa chair fraîche de jeune couturière, Bolívar ses frêles épaules de cordonnier ou de tailleur, sir Francis Drake son trot familier de débardeur du port, Joseph Staline ses jambes courtes de notaire de province ou son talent de joueur d'harmonica, je serai à merveille l'épouse fêtée de l'aviateur Hector Danoze, en route vers la fête enfin autorisée de la lune de miel.

Un coup de feu m'a tirée de mon dernier rêve à l'intérieur de mon rêve. Quelqu'un a crié un peu plus tard :

– A mort Granchiré ! Nana est ressuscitée !

Rien n'a changé dans ma mort-vie. Les oiseaux ont manifesté leur présence consternée dans les froma-

179

gers. Je devais les intriguer énormément avec mes chandelles dans le jour bleu. Madame Losange, toujours en tenue de grenadier d'empire, a tracé sur mon front un signe de croix avec de la cendre très chaude. Sa partenaire de rêve, avant de me bénir, m'a montré de nouveau nos seins jumeaux sous le voile transparent. J'ai eu ensuite le tintement nu des cloches de Jacmel : après les doubles croches folles et précipitées de la veille, des blanches, des noires tombaient sur mon désert, une à une, comme des gouttes de métal, à la place des larmes qui, figées derrière ma cornée, ne pouvaient luire et donner l'alarme à mes joues!

10

La coutume à Jacmel voulait qu'on fermât la bière à l'instant de la levée du corps et du départ à l'église. Au moment où le coiffeur Scylla Syllabaire s'apprêtait à poser le couvercle, mon père lui a fait signe de surseoir à l'opération. La voyance de l'instinct paternel m'a valu deux heures de sursis. Tout le monde a eu l'air d'apprécier son entorse à la tradition funéraire du pays. Les bonnes sœurs de mon école ont tenu à monter une garde autour de mon catafalque, juste avant l'adieu de mes plus proches amies. Sœur Nathalie des Anges, la romantique et sensuelle Thalie, a les yeux tout fripés de chagrin dans son visage au charme espiègle. Sœur Hortense, la mère supérieure, a un peu honte de ses larmes. Mélissa et Raïssa Kraft, les jumelles Philisbourg, Lili Oriol, Ti-Olga Ximilien, Gerda Radsen, Odile Villèle étaient brisées comme des vagues un jour sans alizé. Patrick n'a pas arrêté de tourner autour du catafalque comme si ma « mort » était désormais sa cage à vie. J'étais sans nouvelles d'Hector. Il a dû passer une mauvaise nuit sur son lit d'hôpital. Au départ du convoi on a fait venir une camionnette pour embarquer le grand nombre de gerbes et de bouquets. J'ai reconnu le véhicule sur lequel le commerçant Sébastien Nassaut avait promené dans le bourg les cadeaux retenus sur la liste de son magasin. Tandis qu'on s'ébranlait, mon regard a accroché au vol ce qui était écrit sur les rubans des couronnes : « A notre fille adorée de tout notre cœur en miettes, Denise et André », « A ma femme bien-aimée, son Hector pour toujours », « A la fée créole des Siloé, le préfet Kraft au nom de huit mille Jacméliens brisés », « Les sœurs de Sainte-Rose-de-Lima à leur élève enchantée », « Les marchandes du Marché en fer à leur cliente préférée », « Les débardeurs du port à la sirène des Siloé », « Les travailleurs de la Manufacture de tabac à la fille de leur patron et bienfaiteur », « A la rose au chapeau du Bon Dieu, l'équipe de *La Gazette du Sud-Ouest* », « De Patrick à sa sœur d'eau de source », parmi des centaines d'autres. Au balcon des Sorel, le petit garçon de la veille m'a lancé une rose fraîche. Il a visé le milieu de ma poitrine. On m'a enterrée avec ce talisman. Les galeries de la rue de l'Église étaient désertes. Les noms des familles me revenaient à mesure qu'on avançait : les Colon, Maglio, Bellande, Bretoux, Claude, Craan, Métellus, Wolf, Depestre, Hurbon, Leroy, Camille, qui suivaient mon enterrement au grand complet. A l'arrivée à l'église, la gaieté de la décoration nuptiale m'a fait du bien. Avec le chœur des Roses de Lima, j'ai chanté au-dedans de moi-même les cantiques familiers de la messe des morts.

– Hadriana était son saint nom de baptême, a commencé le père Naélo dans son oraison.

Il n'y a pas eu de sabbat à ma veillée, mon père, sinon une fête des dieux vaudou en hommage à la beauté de la vie. Dieu, dans sa miséricorde, n'en voudra pas aux loas guédés. Merci mon père d'avoir fait couler l'eau du Christ sur mes pieds nus et blessés dans la dure montée. Merci pour « l'étoile qui n'a brillé qu'une fois ». Où? Quand? La nuit de Meyer sous la grande main tremblante de Patrick? Au jardin du manoir, dans les bras révérencieux de mon Hector? Il m'est doux de prier sainte Marie mère de Dieu, aidez à vivre tous ceux qui m'ont aimée et aussi ceux qui m'ont haïe; à votre tour aimez à ma place mes parents, protégez Hector mon époux, Jacmel et ses habitants et son golfe, mes amies, Mam Diani et mon amour de frère, priez pour nous pauvres pécheurs, maintenant à cette heure de notre mort, ainsi soit-il!

Le père Naélo a dit avec tendresse :

– Au revoir, *madame*!

– Au revoir, et merci mon père, j'ai dit sans me faire entendre.

11

A la sortie de l'église une ivresse de lumière m'a submergée. J'étais soudain plus légère qu'une plume. J'étais un fétu de femme dans une cataracte. De chaque côté de mon cercueil, des bras me tenaient fermement au-dessus des flots lumineux de la dernière étape de mon destin. Le convoi voguait sans tangage ni roulis. A la hauteur du magasin des Turnier, Patrick a pris le relais de son oncle à mon bâbord. Il n'a pas cessé de me câliner des yeux jusqu'au moment où il a été remplacé à son tour. J'étais l'œil d'un cyclone qui soufflait en plein soleil. Les maisons amies défilaient dans leur physionomie habituelle : je m'éloignais à jamais des Lapierre, Lamarque, Gousse, Lemoine, Beaulieu, Cadet, Dougé. A la façade du lycée Pinchinat, j'ai été saluée par un calicot portant l'inscription : « Les lycéens de 1938 remercient Nana Siloé d'avoir ouvert leur imagination à la beauté du monde. » A l'endroit où la côte devenait raide, quatre hommes masqués ont pris brusquement la bière en main, en chantant et en dansant. Au lieu de progresser, les voilà qui se sont mis à rétrograder. Ils faisaient des avances et des reculs, sans se décider à prendre un parti, comme si les en empêchait un invisible péril. Le convoi partait à reculons, revenait en avant d'un seul souffle pour repartir en arrière avec le même élan, tandis que le porte-croix et les religieux qui précédaient le cercueil prenaient de l'avance sur l'ensemble de l'enterrement. J'étais le moyeu de cet étrange ballet tout en virevoltes et en demi-tours éclairs. A quoi les guédés pouvaient-ils jouer ? Quelle piste étaient-ils en train de brouiller ? C'est resté l'une des énigmes de mon aventure jacmélienne. Le manège devait prendre fin dans l'allée centrale du cimetière. Mon père, le préfet, Henrik, l'oncle Féfé ont repris leur pauvre bien des mains des loas de la mort. Il y eut ensuite une sorte de débandade générale du cortège. On eût dit le début d'une grande fête champêtre, un allègre pique-nique où les participants se disputaient les meilleures places sous les arbres d'un beau dimanche de janvier. Les épitaphes des tombes ont vite fait de me rabattre à mon sort : « Ci-gît Roséna Adonis, enlevée aux siens à trente-deux ans, R.I.P. », « A notre formidable père Sextus Berrouet, général de division, mort dans sa soixante-dix-huitième année », « Ci-gît le jacmélien capital Seymour Lhérisson », et sur un marbre rose flambant neuf : « Ici repose dans tout son éclat notre vénérée mère Germaine Villaret-Joyeuse (1890-1937), requiescat in pace. » J'ai fermé les yeux de terreur pour ne les ouvrir qu'à l'arrivée sur les lieux de l'inhumation. On m'a déposée à même le sol sous un sémillant amandier. Les fossoyeurs semblaient fascinés par la cliente du jour. Dans l'œil de l'un d'eux a brillé un doute inouï à mon sujet. Perdue sans recours, je n'en menais pas large sous les gouttes d'eau bénite du père Naélo. Je n'allais pas mieux sous la flûte de Maître Homaire quand il a commencé à jouer un air d'opéra que ma mère interprétait parfois au piano.

185

Tout le monde a pleuré en l'écoutant. Mon diaphragme se contractait, je sentais les sanglots se former, se nouer sourdement dans ma poitrine, mais la crise en restait là, plus bas que la gorge. Il en a été de même lorsque Jacmel a chanté en chœur son adieu. Le soprano de Lolita, la basse de l'oncle Féfé, l'accompagnement de la flûte, l'immense chorale aux abois m'ont déchirée sans réussir à libérer les larmes emprisonnées au fond de mes yeux. Dans la pompe dorée du dimanche, les paroles m'ont fait passer sur un fragile pont de bois la rivière de Meyer, en compagnie de Lolita Philisbourg qui, cet été-là, avait une nouvelle chanson à m'apprendre : *Sombre dimanche!* On a entendu un galop de cheval, le chant d'un coq, les abois d'un chien, l'éclat de rire d'une adolescente, le tendre gazouillis de l'amandier. Mon père a agité son mouchoir, maman m'a souri en se penchant sur mon berceau du matin. Patrick et le coiffeur Syllabaire ont posé tendrement le couvercle de la bière. Les cordes ont fait glisser la fin de mon existence dans son néant. Les poignées de terre et les fleurs ont tinté tout contre mon visage. Le vide sans forme ni contenu m'a happée...

12

Combien de temps pouvait avoir duré ma syncope? Une heure, deux, cinq? Je ne le saurai jamais. A mon réveil sous la terre, j'étais toujours dans le même état de pseudo-mort ou de pseudo-vie. Mes poumons parvenaient à respirer, l'air semblait se renouveler régulièrement dans le caisson. Quelque part dans ses parois, il y avait pour sûr un orifice d'aération ou même plusieurs. J'ai ouvert les yeux dans une noirceur vide, une horreur privée d'espace et de temps, une obscurité absolument sauvage. Peu à peu l'obscurité était devenue mon bien, ma propriété, ma seconde nature, autant que l'indomptable filet de conscience qui continuait à briller dans ma tête. J'étais incorporée au tissu même de la terre sauvagement obscure, au grain serré et enténébré du sol de Jacmel, vigile à la frontière des mondes animal, végétal, minéral. J'avais oublié mon cœur depuis la grossière panne de la veille à l'église. Ne voilà-t-il pas qu'il manifestait sa présence de manière plutôt fantastique? Ça a commencé par un humble son au-dedans de ma poitrine. Puis son battement a semblé monter des profondeurs de la terre comme si la racine du cosmos et mon cœur battaient ensemble l'une dans l'autre pour alimenter le langage ténébreux de mon retour à la vie. Ce bruissement insolite, issu de mon sang et de l'abîme du sol, réclamait quelque chose : c'était un appel fruste, un S.O.S. rudimentaire et âpre, pour un rayon de lumière, un peu plus d'oxygène, un signe d'autrui au fond de la nuit privée de temps. Il n'y avait rien à voir. Je ne pouvais qu'écouter. Je n'étais qu'écoute. Je m'écoutais m'éteindre dans la cage de bois enfouie à près de deux mètres sous terre. Je m'écoutais mourir. Ce qui me restait d'existence était coincé dans la cécité absolue de mon foyer souterrain. Pour un forfait que je n'ai pas commis, on a laissé tomber ma vie dans un lieu sans lien temporel ou spatial avec l'extérieur. J'étais perdue dans le vide stupéfiant baptisé zombie en Haïti. J'étais provisoirement jetée au cachot d'une fosse de cimetière avant d'être écartelée par la magie en gros bon ange et petit bon ange, dans un semblant d'existence doublement végétative : d'un côté, belle tête de bétail corvéable et taillable, et surtout baisable et enculable à merci; et de l'autre côté, hôte à vie d'une vieille grosse bouteille de champagne. Cet avenir me paraissait une menace plus horrible encore que la vie d'élémentaire forme auditive qui était la mienne, depuis le samedi soir, dans mon état de catalepsie ou de mort apparente. Mon ouïe à la force décuplée restait aux aguets des ultrasons. Ce que j'avais pris à mon réveil pour une pulsation secrète du sol, battant à l'unisson de mon pouls, s'est révélé un langage plus familier à mes oreilles. Ce n'était pas l'obscurité plénière de la terre qui parlait à ma terreur, c'était un autre chuchotement cosmique : la palpitation de la mer proche parvenait à ma cave funéraire. C'était l'appel mystérieux du golfe de mon enfance, une invite indicible au voyage, à l'espoir, à l'action. La mer de Jacmel me rabattait secrètement vers l'espace lumineux de tout ce que j'étais à un doigt de perdre à tout jamais. La victoire était encore possible sur les forces démoniaques qui me zombifiaient. Il fallait prêter l'oreille à tout ce qui avait constitué jusque-là la trame de mes jours. Les ravisseurs n'allaient pas tarder à venir prendre le colis déposé en consigne à la gare finale. Rien n'était plus pressant pour moi que de rassembler les souvenirs encore en état de résister. Il fallait rester attentive au flux des belles années vécues à la rue d'Orléans, entre la place d'Armes et le golfe. La maison natale devait ouvrir ses portes dans les murs de ma fausse mort. Comme autrefois il fallait vivre et s'écouter vivre. Je m'écoutais croître du fond de mon terrifiant terreau jusqu'au dimanche inondé de soleil au-dessus de mon cauchemar. Alors il n'y avait rien de plus urgent que de me projeter vers les hauteurs du jour resplendissant qui continuait sans moi à étinceler sur les eaux denses et bleues du golfe de Jacmel. Étendue pour le dernier sommeil ou pour la double condition animale de zombie, toute à l'écoute infinie de la vie, j'avais à me déployer comme les trois cocotiers géants, vétérans de sept cyclones, qui protégeaient la façade sud du manoir familial...

13

J'ai pu rassembler ce qui me restait de forces, pour rester intensément à l'écoute du flux qui se retirait et revenait sans cesse avec les semences de ma volonté de vivre. J'ai pu me mettre debout en moi-même en dépit de l'engourdissement terrible dû au poison à zombie dans mes veines, malgré l'atmosphère irrespirable, j'ai écouté vivre mes plus belles années dans la houle secrète du golfe. J'ai échappé aux parois rigides du cercueil, à la rigidité cadavérique, à l'horreur de la mort zombie, à cet espace horriblement oppressant. Je me suis lancée au grand dehors ensoleillé de Jacmel. Ça a pu être comme autrefois, dans l'enfance ou l'adolescence avancée, quand il m'arrivait, couchée à même la mosaïque du balcon ouvert sur le golfe, de demeurer longuement aux aguets des moindres frémissements de la vie. Alors l'enchantement commençait pour moi au jardin. Pour notre plaisir, mon père, en botaniste amateur, avait voulu y faire épanouir, outre la flore spécifiquement haïtienne et dominicaine, le paysage de toute la Caraïbe, de Cuba à Trinidad, en passant par Porto Rico, la Jamaïque, la Martinique, la Guadeloupe et l'ensemble insulaire des Petites Antilles. Ainsi prospérait autour de la maison un échantillon de chaque espèce de plantes à fleurs, des plus humbles aux plus spectaculaires : du raisinierbord-de-mer à l'olivier-montagne, de la liane à crabes au palmiste des hauts, du bois-cannelle à odeur de cassis aux fougères arborescentes, de l'herbe-mal-de-tête au balisier; sans parler des flamboyants, lauriers, amaryllis, rosiers, orchidées, bougainvillées et jasmins grimpants, hibiscus, palmiers nains; sans compter les arbres fruitiers : cocotier, goyavier, quenêpier, corossolier, arbre à pain, manguier, caïmitier, citronnier, oranger, avocatier, cirouellier, tamarinier; et tant d'autres essences qui étaient mes amies : gommier rouge, mapou gris, bois-piano, raquette, mimosa, cachiman-montagne, magnolia, bois-diable, myrtille des hauteurs. Toute la flore des imaginations caraïbes était à la portée de mes yeux et de mes mains, au service de leur ivresse du matin et du soir. Avec sa centaine d'espèces, notre jardin était une sorte de fête botanique représentative du littoral comme de la végétation d'altitude, de la forêt comme des plantes ornementales. A seize ans, je parodiais insolemment un poète surréaliste en portant au féminin sa mythologie de macho du lyrisme moderne : « Tout le bizarre de la jeune fille, et ce qu'il y a en elle de vagabond et d'égaré, sans doute pourrait-il tenir dans ces deux syllabes : jardin. » Tout en moi, l'esprit d'enfance, la sensualité dévorante, le don d'émerveillement à l'haïtienne, l'humeur primesautière à la française, toute ma joie d'être au monde, faisait le dos rond et les fesses plus lyriquement rondes encore au pied des arbres et dans les haies ensoleillées de notre jardin. Durant les jours trop accablants de soleil, je suspendais ma torpeur à la fraîcheur des lianes et ma chair elle-même, au-delà de ses limites en feu, devenait la liane rafraîchissante où grimpaient mes plus ardentes rêveries. Doux à mes pieds nus était le gazon qui descendait en pente aussi douce jusqu'au bord de la mer! Tendres et fraîches étaient les ombres sous les manguiers du midi! Parfumés étaient tous mes rêves d'adolescente par les odeurs du jardin! Comme d'autres partaient sans but sur les routes, mettant à l'épreuve de divers climats leur rage vagabonde de vivre, à toute heure il me suffisait de descendre au jardin pour faire le tour des bonnes et joyeuses fièvres du monde! J'ai écouté et mesuré aussi la maison de mes jeunes années : ni résidence de ville ni mas de style traditionnel, c'était une demeure de rêve avec, sur deux étages, des façades percées de hautes fenêtres à jalousies orientables et des balcons en fer ouvragé. Ses murs de forteresse abritaient des pièces de grand air, rassurantes de charme, de classe et de goût créoles, lumineuses le jour, éclairées le soir par des lampes en verre et bronze à motifs floraux. Tel était « le manoir des Siloé ». Il ne me donnait pas toutefois le sentiment d'habiter « un logis seigneurial, sorte de petit château à la campagne ». Je ne m'étais jamais sentie la châtelaine d'un vieux manoir qui guettait à sa fenêtre « un cavalier à plume blanche qui galope sur un cheval noir ». Mais, s'il y avait, dans les années 30, un lieu sur la terre, à la fois concret et idéal, où il faisait bon vivre et rêver sa vie, c'était la maison, sise à l'écart des autres, en contrebas de la place, entre le Bel-Air et le Bord-de-Mer, à Jacmel. Du rez-de-chaussée au grenier, en suivant l'enchantement des escaliers, et des couloirs, d'une pièce à l'autre c'était sur l'infini que s'ouvraient les portes rustiques à jalousies comme les fenêtres sur le jardin et le golfe. Du salon aux terrasses, des chambres à l'office, du cellier à la salle à manger, de la buanderie aux salles de bains, de la véranda à la bibliothèque, un moulin des rêves, générateur d'électricité magique, n'arrêtait pas de nouer en un courant ininterrompu d'émerveillement le flot de petits et de grands mystères qui réglaient et modulaient la navette de mes saisons. Cependant le charme baroque du manoir, manifeste dans le mobilier en mahogany, acajou, rotin, comme dans le moindre objet décoratif en ivoire, argent, porcelaine ou opaline, me fascinait surtout à l'aile des cuisines et des communs. De mon enfance à mes dix-neuf ans, ces lieux auront été le carrefour de mes phantasmes et de mes vertiges. Ils m'attiraient moins pour l'éclat des mets haïtiens qu'on y concoctait ou la somnolence mélancolique qui suivait la fin des repas du midi et du soir, que pour le fait que c'était là, à la lueur des réchauds au charbon de bois, que Haïti commençait véritablement pour moi. J'y retrouvais Félicie, la bonne attachée à mon service, sôr Yaya le cordon bleu, maître Mérisier le jardinier, Ti-Boucan le garçon de cour et de courses, et trois autres servantes préposées au ménage et aux emplettes, à la confection des desserts et des sorbets, ou à d'autres menues corvées imprévues. A eux sept ils ont formé « la grande parentèle indigène » (maman dixit), affectueuse et obligeante, qui s'était empressée de combler la fringale de merveilleux quotidien qui me prenait comme un besoin organique, l'envie de boire, de pisser ou de dormir. A leurs yeux, un loa blond nommé Général Merveilleux habitait Mamzelle Nana. Quand il lui montait à la tête, à la cuisine ou dans l'intimité de sa chambre, toute chose cessante, il fallait lui donner, comme disait sôr Yaya, « de la rosée à boire et de l'herbe-Madan-Erzili à manger ». Avec les belles histoires du jour et les contes du soir, la mythologie vaudou était entrée dans ma vie. Ses dieux, ses danses, ses tambours n'avaient pas de mystère pour moi jusqu'au moment où un de ses papillons lubriques, manipulé par des sociétés secrètes, a versé du poison à zombie dans la limonade glacée de mes noces.

14

Tout au long du dimanche qui a tourné au désastre pour moi, mon fabuleux passé s'est frayé un chemin de mer jusqu'à ma conscience naufragée. Dans l'étroit espace à la noirceur de puits où j'étais immobilisée, l'écheveau des souvenirs heureux s'est dévidé lentement, complètement, m'invitant à l'espoir et à la vigilance, dans l'attente des événements de la nuit. Je les ai attendus avec patience, sans la moindre notion du temps, ballottée par des réminiscences aux contours incertains, des clapotis de resouvenirs flottants. Plus rien ne venait au-devant de ma détresse. Il n'y avait plus de sens inverse au mien. J'ai dû perdre connaissance et revenir à moi à plusieurs reprises. A un de ces répits il m'a semblé que l'élytre d'un insecte nécrophage grignotait la paroi du silence. Ensuite j'ai eu l'impression que la terre s'allégeait au-dessus du cercueil. Je ne m'étais pas trompée : le métal des coups de pelle n'a pas tardé à heurter le toit de ma cage. Le couvercle peu après a bougé. Des bras vigoureux m'ont soulevée par les épaules et les pieds. Au contact brutal de l'air frais j'ai eu une sorte de suffocation. J'ai distingué trois silhouettes d'hommes autour de la fosse. Outre les deux qui m'ont déterrée, un troisième se tenait en retrait, les yeux fixés sur moi. Il paraissait bien plus âgé que les autres. C'était un

Haïtien au cou de taureau, massif de taille et d'épaules. Il portait un coupe-coupe à la ceinture et un long fouet à la main. Il a hurlé trois fois mon nom, d'une voix tonnante, comme s'il avait jeté toutes ses forces dans la décision de m'appeler.

— Hadriana-Siloé-foutre-tonnerre! il a dit la troisième fois.

Il a fait quelques pas vers moi. Il s'est accroupi à mes côtés. Il m'a observée un instant avant de me gifler à toute volée d'une claque au sang. D'un air satisfait il s'est assis sur une tombe. Il a hissé le haut de mon corps sur ses genoux. Il a porté ensuite le goulot d'un flacon à ma bouche. Un liquide épais et fortement aromatisé au citron a coulé entre mes dents encore serrées. Après une courte pause, l'homme a recommencé à me faire boire le contrepoison. A mesure que je l'avalais, une forte chaleur m'envahissait, d'abord aux membres inférieurs, puis c'était tout mon corps qui renaissait, irrigué de sang bien oxygéné. J'ai pu mouvoir la langue aux dernières gorgées de la drogue que le faiseur de zombie m'a administrée.

— Ça va mieux, ti-chatte chérie? il a fait.

J'ai pu acquiescer de la tête. Un bref moment j'ai oublié que j'étais dans les bras d'un suppôt de Baron-Samedi. Les odeurs de mâle, de terre fraîche, de nuit grosse d'orage ont rafraîchi la vie qui entrait en moi comme une bénédiction.

— Avec un beau morceau de femme comme toi, tout ira vite et bien, il a dit. C'est une potion maison que papa Rosanfer a étrennée spécialement pour son petit bon ange de France!

Il s'est penché aussitôt pour attraper le bas de ma

robe de mariée. Il a desserré mes genoux, sans cesser de parler, d'une voix rauque, brûlante, tout près de mon oreille.

— Désormais, tout ce qui est à l'endroit dans ta vie de femelle blanche sera mis à l'envers nègre, à commencer par ton nom de famille : Hadriana Siloé, ça ne va pas à un zombie, il y a trop de sel blanc dans ce nom. Je te baptise à mon tour : Eolis Anahir-dah! Voici ton nom de négresse-femme-jardin à papa Rosanfer. Oui, le maître de ton derrière-caye *, c'est moi don Rosalvo Rosanfer, grand nègre du Haut-Cap-Rouge devant Baron-Samedi l'Éternel! Eolis, Ti-Lilisse, Ti-dah chérie, ohohoh! C'est déjà tout ensoleillé là-dessous. Il est déjà midi passé sous ces voiles. Je mets tout à l'envers dans ta vie, sauf, sauf... sauf quoi, d'après toi? Tu donnes ta belle languette au chat? Bien sûr, tu ne peux pas imaginer...

Pendant ce temps ses doigts remontaient en crabe, fiévreusement, le long de mes cuisses.

— Sauf ça! dit-il en plaquant brutalement sa main de cultivateur contre mon amande. Parlez d'un mille-feuilles dans la main d'un docteur-feuilles *! Bonjour fleur-soleil-levé! Bonjour baubo de reine Erzili-Fréda! Félicitations, Madan Rosalvo! Mes amis ohohoh! La mariée a un loa-marassa-blanc * sous ses voiles! Zombie-matelas à Général Rosanfer! Pommes jumelles, étoffe à deux endroits, salut oh!

Après ces démonstrations lyriques, l'homme s'est ressaisi. Il m'a donné une tape amicale à la fesse et il m'a calée avec douceur à une tombe. Il s'est ensuite adressé à ses compagnons qui s'étaient tenus à l'écart.

— Pressons! Le temps est à la pluie. Amenez vite les chevaux.

Ses complices partis, l'homme a regardé le ciel qui s'assombrissait de plus en plus, et il s'est exclamé :

— Ce qui nous menace n'est pas une petite farina-de-la-pluie, sinon une maman-lavalasse-dlo. Il va falloir pousser les bêtes. Tu es bonne cavalière, n'est-ce pas ?

A cet instant précis, je me suis regardée dans le miroir intérieur : « En avant, Hadriana ! » m'a dit le côté marin de ma nature. Sans attendre mon reste, je me suis dressée d'un bond, et j'ai pris à mon cou mes jambes, mon sang de sportive et ma vie en danger. C'était un jeu d'enfant de semer papa Rosanfer parmi les tombes. Je n'avais pas franchi cent mètres que déjà la pluie était là : pas un orage menu, la grande pluie d'averse qui avait été mon copain d'enfance. A l'abri dans un petit mausolée, j'en ai profité pour m'alléger de tout ce qui gênait ma fuite : mes hauts talons, voiles et traîne de mariée. J'ai enroulé le paquet autour de ma taille. Je me suis élancée de plus belle sous la cascade. Je connaissais la zone du cimetière comme ma main. Pour sortir de là, j'ai évité l'allée principale et le portail. J'ai coupé au plus court à travers un chemin qui conduisait à l'école des Frères, à la Petite-Batterie. Parvenue à cet endroit, j'ai vite traversé la rue pour reprendre ma course à travers un autre sentier détourné. Comme cela plusieurs fois, je me suis rapprochée du Bel-Air. Je ne sentais pas la fatigue mortelle des deux nuits de cauchemar. Une force animale me propulsait sous le déluge qui troublait mon regard, mais pas l'idée fixe qui me galvanisait : échapper à la zombification. Fallait-il me diriger tout droit à la maison ? D'instinct, j'ai pensé que c'était l'erreur à ne pas commettre. Mes poursuivants devaient m'attendre en embuscade ou monter une ronde aux abords déserts du manoir et de la place. Une idée m'est passée par la tête à quelques mètres de la prison : pourquoi ne pas y chercher refuge ? Quel plus sûr asile pour une jeune femme pourchassée en pleine nuit par un trio de sorciers criminels ?

– Halte là, qui vive ? a hurlé à mon approche le gendarme en faction.

Il m'a reconnue dès qu'il m'a vue sous l'averse. Il a poussé un cri de stupeur. Il a lâché le fusil. Claquant des dents, il a fermé la grille, de l'intérieur, avant de s'enfuir avec les clefs. J'ai crié à mon tour : « Au secours ! Des assassins me courent après ! Ouvrez ! » Pas un chat ne s'est manifesté. J'ai remonté la longue côte jusqu'à la place du marché. Je me suis faufilée sous les montants et travées métalliques vers l'église que j'avais quittée les pieds devant quinze heures auparavant. J'ai pris une venelle qui débouchait sur l'entrée principale du presbytère. La grille était fermée. La pluie battante couvrait mes appels. J'ai ramassé des cailloux. Je les ai lancés pour rien au balcon et aux persiennes du père Naélo. J'avais de l'eau plein les yeux, le nez, la bouche, les oreilles, à croire que je faisais moi-même partie des coups de tonnerre et de la pluie. Par la même ruelle qui longeait l'église, je suis revenue sur mes pas vers le marché en fer. Je me suis abritée sous son toit le temps de reprendre souffle. J'ai pensé à mes amis Altamont : Patrick habitait chez le frère de Mam Diani, l'oncle Féfé. Par la rue de l'Église, j'étais à deux minutes de la rue des Bourbons. De furieuses rafales approfondissaient les ombres autour de moi. Je me suis avancée de galerie en galerie, évitant le milieu de la chaussée. J'ai gravi morte de joie le perron du juge d'instruction. Je me suis littéralement jetée sur la porte. J'ai cogné des deux poings. J'ai attendu plusieurs minutes, sans cesser de frapper, inutilement.

15

J'ai frappé ensuite à la plupart des maisons du côté nord de la place, y compris aux portes en fer de la préfecture où demeuraient mes amies Kraft, et au Café de l'Étoile, aussi vainement. En face, chez les bonnes sœurs, j'ai jeté des poignées de gravier aux fenêtres, sans résultat. J'aurais pu escalader les murs de l'école et me cacher jusqu'au lever du jour dans ce lieu qui m'était familier. J'ai préféré prendre le risque de traverser la place pour couvrir les deux cents mètres qui me séparaient de la maison. J'ai fait une halte au kiosque à musique. J'ai scruté les alentours avant de franchir le barrage oblique de la pluie. En moins de deux j'étais à la porte d'entrée du manoir. Hors d'haleine, de toutes mes forces j'ai appuyé sur la sonnette. Tout l'espoir du monde m'a envahie : j'ai entendu des pas et des voix dans le couloir du rez-de-chaussée. J'ai espéré plusieurs minutes le doigt collé au bouton de la sonnerie. Soudain un éclair a troué les ténèbres d'eau : l'espace d'une seconde j'ai distingué au bout de la rue d'Orléans les trois cavaliers qui se précipitaient en trombe dans ma direction. Suffoquée d'effroi, j'ai détalé en sens opposé vers un étroit passage dont les marches naturelles dégringolaient le long de la haute clôture latérale de la propriété. Je les ai dévalées quatre à quatre, en

casse-cou, jusqu'à la Grand-Rue. J'ai traversé celle-ci
en flèche afin d'implorer la protection des sentinelles
du quartier général de la gendarmerie au Chemin-
des-Veuves-Échaudées. Je me suis trouvée nez à nez
avec les deux factionnaires qui y faisaient le guet. A
ma vue, l'un s'est évanoui dans la guérite, l'autre a
appuyé sur la détente de son Springfield. Ayant eu
trop peur pour viser juste, il m'a manquée. De la
prison à la caserne, la pluie avait eu le temps de
fignoler ma dégaine de fantôme. J'ai accéléré ma
course. J'ai évité la rue Sainte-Anne en coupant à
travers un corridor qui aboutissait à la plage. La mer,
violemment fouettée par la tempête, était une formidable ombre en furie. Sa sauvage rumeur étouffait
celle de la pluie. J'aurais voulu mordre à sa fureur
nocturne si proche de la rage de vivre qui fécondait
chacune de mes libres foulées de « ressuscitée » d'entre
les morts. Je me suis avancée vers ses brisants : avec
une enivrante acuité j'ai humé son odeur de sel et j'ai
bu une pleine gorgée de son eau plus fraîche que celle
qui continuait à me tomber dessus. J'ai marché sur le
rivage, tout droit vers l'ouest. Le sable mouillé était
une fête après la terre battue des rues. J'allais de
l'avant dans une sorte de désespoir et d'étourdissement
passionnés. C'était à n'y pas croire : en moins de
vingt-quatre heures, ma vie a cessé d'être un sésame à
Jacmel. Mon nom n'ouvrait plus aucune porte, pas
même l'huis de mon foyer. On tirait sur moi sans
sommation. Je n'ai pensé à rien d'autre jusqu'aux
premiers escarpements un peu raides de la montagne
La Voûte. J'ai grimpé sans perdre haleine les sentiers
que j'avais sillonnés à cheval, seule ou en compagnie

de mes parents. Les terroirs du Haut-Gandou, Trou-Mahot, Fond-Melon n'avaient pas de secrets pour moi. L'orage s'est perdu dans les clairières que l'avant-jour ouvrait dans le ciel. La végétation a pris de l'espace et s'est dégagée des masses d'ombres humides à mesure que l'aube s'élargissait au-dessus des jardins de bananiers, caféiers et orangers. A maintes reprises la broussaille détrempée au bord du chemin a décoché autour de mes pas des envolées de pintades, de ramiers et d'ortolans aux ailes encore ramollies d'eau de pluie. Jusqu'au lever du soleil j'ai maintenu la bonne allure des randonnées de l'adolescence. Je cheminais à ce pas allongé, souple, négligemment onduleux et chaloupé, que j'avais appris dès mon enfance des canéphores noires de la vallée de Jacmel. Mon dessein bien arrêté était d'atteindre le village de Bainet et de joindre aussitôt mes parents au téléphone. Ils viendraient me chercher par la piste carrossable. L'essentiel était atteint : j'avais semé mes ravisseurs. Dès ces premiers moments de ressaisie de ma liberté de femme, j'ai senti que mes épreuves m'avaient placée plus profondément au-dedans même de la vie. Je saurais désormais, mille fois mieux qu'avant, comment remplir chaque journée de la vie, heure par heure, comme chaque nuit, dans l'avenir qui était mon rêve majeur après l'expérience de la mort. D'avoir eu un horizon terriblement enchevêtré dans la mort et la vie à la fois rendrait mon existence plus vivante et plus sensible à la délicate complexité de tas de choses touchant aux faits et gestes familiers de mes semblables. Mes liens ont été resserrés pour toujours avec la mer, le ciel, les oiseaux, la pluie, les arbres, le vent. Mon sens vital s'est de même aiguisé pour la perception des humains et des animaux. Je saurais mieux écouter toutes mes voix de femme, avec toutefois le sentiment, dès ce matin-là, que si la femme naturelle renaissait de ces épreuves mieux armée pour donner une valeur pleine à chaque instant de la vie, la femme sociale ne se remettrait jamais tout à fait de ses mains blessées aux portes où elle a frappé. L'essentiel, c'était d'être sortie saine et sauve de la zombification. Les heures d'effort musculaire ont fait du bien à mon organisme. J'ai la sensation d'avoir éliminé une bonne partie du poison à zombie et de l'antidote qui m'a remise sur pied. Quelque chose avait foiré dans les calculs à papa Rosanfer. Il n'est pas arrivé à capter mon petit bon ange. L'aurait-il confondu avec le gros bon ange joufflu de mon sexe ? J'ai ri à cette idée. Quel délice extraordinaire il y avait à pouvoir simplement rire à l'air libre et ensoleillé du matin. Mon éclat de rire était si transparent qu'il semblait avoir filtré sous la terre à travers le cristal d'une source de montagne. Son eau courante a rafraîchi ma chair humiliée et endolorie. A la sortie d'une bananeraie, au lieu-dit le Haut-Coq-qui-Chante, j'ai eu soudain la mer dans mon jeu matinal : dense et plate, d'un bleu superbement lavé, déjà attendrie après les transes violentes de la nuit. J'ai découvert en même temps, vers l'intérieur d'un rivage escarpé et ondoyant, la plaine riante de Bainet, étendue en croissant de lune autour d'une baie étincelante. De quoi avais-je l'air dans ma robe de noces en lambeaux, les volants déplissés, la fausse traîne et le voile enroulés autour de mes hanches comme une bouée de sauvetage dégonflée ? L'envolée de tulle et de dentelle, maculée d'éclaboussures, collée à ma chair, a pris en séchant l'aspect sale, désolant et roulotté d'un vieux pansement de gaze. J'ai essayé de mettre un peu d'ordre à ma tenue de zombie, avant ma première rencontre, en plein jour, avec les vivants. En ajustant tant bien que mal ma toilette, j'ai eu une surprise qui cadrait parfaitement avec le surréalisme échevelé de mon aventure. Dans l'aumônière attachée à ma ceinture, j'ai trouvé l'enveloppe de ma dot. Elle contenait plusieurs billets de mille dollars, avec un mot prémonitoire sur la carte de visite de mon père : « A notre Nana, le jour de ses noces, ce viatique, pour la traversée des mauvais jours. » Ma seconde surprise, ça aura été l'accueil des habitants de Bainet. A la pointe de la dernière presqu'île qui précédait le village côtier, je descendais avec prudence un sentier rocailleux qui conduisait à une petite anse, quand j'aperçus un groupe de femmes et d'hommes en conversation animée autour d'un grand voilier ancré entre deux rochers. Au bruit de mes pas hésitants et appuyés sur les galets, ils se sont arrêtés de parler pour suivre mon arrivée d'un regard attentif et bienveillant. Loin d'être consternés par mon apparition insolite, à mesure que je me rapprochais d'eux, leurs visages prenaient un air d'émerveillement, comme si mon accoutrement, témoin dépenaillé du naufrage de mes noces, était à leurs yeux la révélation d'un fascinant mystère.

— Bonjour la compagnie, j'ai dit.

— Bonjour, Votre Majesté, ils ont répondu en chœur.

— Auriez-vous, mes amis, un peu d'eau, s'il vous plaît, j'ai très soif.

Un éclat de rire général a accueilli mes paroles.

– Seulement un peu d'eau ? a dit une des paysannes. Tout ça n'est-il pas à vous ?

Elle a tracé avec le bras un large cercle qui englobait, outre la crique, le voilier, la cocoteraie, la mer et le soleil du jour de janvier.

Une jeune femme m'a tendu une calebasse d'eau. Au moment où je la prenais, un Noir trapu et malicieux l'a écartée de la main.

– De l'eau de cocoyer fera du bien à Son Altesse Simbi-la-Source *!

Il s'est précipité sur l'un des cocotiers du rivage. Il a vite grimpé jusqu'au chapiteau de l'arbre et il a ramené une grappe de cocos. D'un coup de machette, il a décapité un fruit et me l'a donné, après une grande révérence.

La tête renversée, face à l'anse ensoleillée, j'ai laissé l'eau fraîche, odorante, douce-amère, déferler en vague d'ivresse dans ma vie. Ayant vidé d'un trait le cocoyer, il m'en a offert aussitôt un autre, tandis que ses amis improvisaient une chanson en mon honneur :

> *Simbi-la-Source, wa-yo!*
> *Simbi est sortie de son mystère*
> *Pour bénir notre grand voilier,*
> *Simbi est la tête et le ventre*
> *et la troisième rive de l'eau!*
> *Quel joli morceau de femme*
> *Est Simbi-la-Rosée, wa-yo!*

La mort dont j'étais morte s'est échappée de mes veines. La générosité de ces gens m'a inondée de joie de vivre. Chaque gorgée redonnait à ma chair et à mon esprit la perception de la femme qui naissait une seconde fois en moi. Après avoir bu plusieurs cocoyers d'affilée, littéralement éblouie d'eau vive, j'ai dit :

— Je ne sais comment vous remercier.

J'ai porté la main à mon aumônière.

— Non, vous ne nous devez rien. Où allez-vous ? m'a demandé un vieil homme.

— Et vous autres ? ai-je dit.

— Quelques-uns parmi nous émigrent à la Jamaïque. Le voyage dure à peine un jour et demi. Voulez-vous les accompagner, Majesté ?

— Avec plaisir, oui, oui, oui, je pars avec eux, pour toujours, j'ai dit en esquissant des pas de danse sur le sable, sous les applaudissements de mes hôtes.

Dans ces circonstances, je suis arrivée à Port Antonio, à l'aube du 3 février 1938, ayant pris la décision de couper tous les liens avec mon passé jacmélien. C'était la première fois que les services d'immigration de la Jamaïque voyaient débarquer une jeune Blanche en compagnie des parias qu'étaient déjà les Haïtiens partout dans la Caraïbe où ils allaient à la chasse au travail. Profondément embarrassés de ma présence, les agents britanniques du port firent semblant de croire à la légende répandue à l'arrivée par mes compagnons de traversée : j'étais Simbi-la-Source. Les dieux du vaudou m'auraient chargée de convoyer à la Jamaïque une poignée d'émigrants de la région de Jacmel. Déesse ou putain, je n'aurais eu de toute façon aucune difficulté, dans n'importe quelle île de l'archipel, à obtenir un permis de séjour à vie. En ce temps-là, la peau blonde, mieux qu'un passeport diplomatique, avait la valeur d'un visa de droit divin. C'est là une tout autre histoire. Dans ces notes, j'ai voulu seulement évoquer quinze heures de la fausse mort d'une femme amoureuse à en mourir de la vie.

16

POUR MÉMOIRE

Nous aurions pu, Hadriana et moi, après nos deux récits, en épilogue à nos mémoires ici croisés, narrer le conte du couple heureux qu'on forme depuis dix ans. Mais, sans trop y croire, nous avons préféré nous ranger à la croyance que les travaux et les jours fastes de l'amour n'ont pas d'histoire...

GLOSSAIRE DES TERMES HAÏTIENS
(Langue créole)

Agoué-Taroyo : dieu du vaudou, maître de la mer et de ses îles.

Ange : chaque individu porte en lui deux forces, deux âmes : le *petit bon ange* et le *gros bon ange.*

« *Apo lisa gbadia tâmerra dabô!* » : formule magique en dialecte africain.

Audience : réunion d'amis au cours de laquelle on raconte des histoires, on converse librement avec entrain ; on dit : *bailler* (donner) *audience.*

Baka : génie malfaisant au service des sorciers.

Banda : danse rapide qui mime en même temps les gestes de la mort et de la copulation.

Baron-Samedi : le principal dieu de la mort, le père des *guédés* (génies de la mort).

Baubo (ou *baubotte*) : vulve personnifiée, mythique, que l'on retrouve aussi bien en Égypte qu'en Grèce, au Japon ou ailleurs.

Bizango : membre d'une *société secrète* de magie noire.

Bokor : *houngan* (prêtre) du vaudou qui pratique la magie noire.

Cadavre-collectif : moment de la danse *rada*, après un *casser-tambour,* où la foule s'immobilise pour mimer un cadavre.

Cape : cerf-volant (en termes de marine, la cape est la grande voile du grand mât) ; le *vent-cape* est le vent régulier favorable à l'envol du cerf-volant.

211

Caraco : longue tunique d'une seule pièce, sans ceinture, que les femmes âgées portaient autrefois en Haïti.

Casser-tambour : moment d'arrêt dans la frappe d'un tambour, qui annonce une transition dans le rythme et permet un abandon du danseur à toutes sortes d'improvisations; après le *casser-tambour*, la danse devient plus animée.

Charles-Oscar : ancien ministre de l'Intérieur réputé pour sa cruauté et qui devait devenir un personnage de diable au carnaval.

Cheval : toute personne qui est *montée* par un *loa* (génie).

Clairin : rhum blanc non raffiné.

Cob : centime (centième partie de la *gourde,* unité monétaire haïtienne, cinq *gourdes* équivalant actuellement à un dollar).

Coui : demi-calebasse évidée qui sert de récipient ou de bol.

Couler-capes : compétition de cerfs-volants.

Damballah-Ouèdo : dieu des sources et des rivières, il occupe un rang élevé parmi les *loas* (génies) du rite *rada.*

Déchalborer : dépuceler avec rage.

Derrière-caye : arrière-train (littéralement : « derrière la maison »).

Docteur-feuilles : rebouteux.

Erzili (ou Erzili-Fréda) : déesse de l'amour et de la beauté, gardienne des eaux douces; on l'invoque sous le nom de Fréda Toucan-Dahomin, assimilée parfois à la Mater Dolorosa.

Govi : cruche où l'on fait descendre un *loa* (génie) afin de l'interroger.

Griffonne-créole : type de mulâtresse.

Guédé : génie de la mort, qui joue un rôle considérable en sorcellerie.

Hasco : Haitian American Sugar Compagny, entreprise sucrière nord-américaine établie en Haïti.

Houngan : prêtre du vaudou, qui officie dans un *houmfort* (temple).

Jacques le Majeur (saint) : assimilé dans le vaudou au *loa* Ogou, patron des forgerons, dieu des armées.

212

Lambi : mollusque dont le coquillage est utilisé comme trompe d'appel.

Loa : être surnaturel dans le vaudou; plus qu'un dieu ou une divinité, un *loa* est, en fait, un génie bienfaisant ou malfaisant.

Loa-marassa-blanc : dieux jumeaux.

Macici : homosexuel, tante, pédéraste.

Madan : Madame.

Madan-Francis : variété de mangue, charnue, savoureuse, très estimée, comparable à la *papaya* des pays de langue espagnole et qui sert à désigner le sexe féminin.

Makandal (François) : célèbre chef de nègres marrons au XVIIIᵉ siècle; un *makandal* est aussi un talisman.

Mambo : prêtresse du vaudou.

Marine-corps : fusilier de l'infanterie de marine des États-Unis.

Meyer : lieu de villégiature proche de Jacmel.

Nago-grand-coup : rythme de danse guerrière, avec mouvements ondulatoires, mains sur les genoux, figures en avant, en arrière, comme pour briser le buste contre un obstacle.

Ouidah : plage du Bénin d'où on embarquait des cargaisons de « bois d'ébène » au temps de la traite atlantique.

Papadocus (Homo) : homme de Papa Doc (François Duvalier, tyran d'Haïti de 1957 à 1971), dont le plus connu est le *tonton-macoute*, « croque-mitaine » de la milice du régime, sorte de S.S. tropical.

Point chaud : terme magique signifiant « puissance surnaturelle », qui permettrait à quelqu'un de réaliser toutes sortes d'exploits ou de résister à n'importe quel danger.

Rabordaille : danse rapide de carnaval accompagnée par les battements d'un petit tambour cylindrique à deux peaux.

Rada : désigne une grande famille de dieux et le rituel qui leur est propre (mot dérivé de la ville d'Allada au Bénin).

Simbi (ou Simbi-la-Source) : *loa* blanc, divinité de la pluie et de la beauté.

Société secrète : confrérie de sorciers ou *secte rouge* dont les membres sont supposés liés entre eux par des forfaits de sorcellerie commis en commun.

Sôr : Sœur.

Tête-gridape : personne aux cheveux crépus; par extension, le mot s'applique à une petite lampe dont la mèche fume.

Tirer conte : raconter une histoire, un conte, le soir.

Vaccine : instrument de musique populaire.

Vaudou : religion populaire haïtienne, née du syncrétisme de rites originaires de l'Afrique sub-saharienne et des croyances catholiques; c'est un culte agraire qui remplit dans la vie d'Haïti le même rôle que celui des cultes païens dans les sociétés antiques; il comporte une riche mythologie.

Vertières : le 18 novembre 1803, au lieu-dit Vertières, dans le nord d'Haïti, le général Donatien Rochambeau, chef du corps expéditionnaire français, capitula devant les troupes de libération du général haïtien Jean-Jacques Dessalines; ce fut le premier Diên Biên Phu de l'histoire de la colonisation.

Vevé : dessin symbolique qui représente les attributs d'un *loa,* tracé sur le sol avec de la farine de blé ou de maïs.

Wanga : charme, sortilège, arme magique; en fait tout objet ou substance chargé d'une propriété (surnaturelle) nocive ou bienfaisante, utilisé pour faire le mal ou le bien.

Yanvalou-dos-bas : danse vive et gaie exécutée le corps penché en avant, les mains sur les genoux pliés, accompagnée d'ondulations des épaules.

Yeux rouges (sectes aux) : sectes qui s'adonnent à des pratiques de sorcellerie (*zobop, bizango, vlanbindingue, cochon-sans-poil, galipote, bossou, voltigeurs*).